KB080507

무신전기 14권 완결

초판1쇄 펴냄 | 2018년 12월 28일

지은이 | 새벽검
발행인 | 성열관

펴낸곳 | 어울림 출판사
출판등록 / 2009년 1월 23일 제313-2009-12호
주소 / 경기도 고양시 일산동구 장항동 731 동하넥서스빌딩 307호
TEL / 031-919-0122
FAX / 031-919-0127
E-mail / 5ullim@hanmail.net

Copyright ⓒ2018 새벽검
값 8,000원

ISBN 978-89-992-5141-2 (04810)
ISBN 978-89-992-4655-5 (SET)

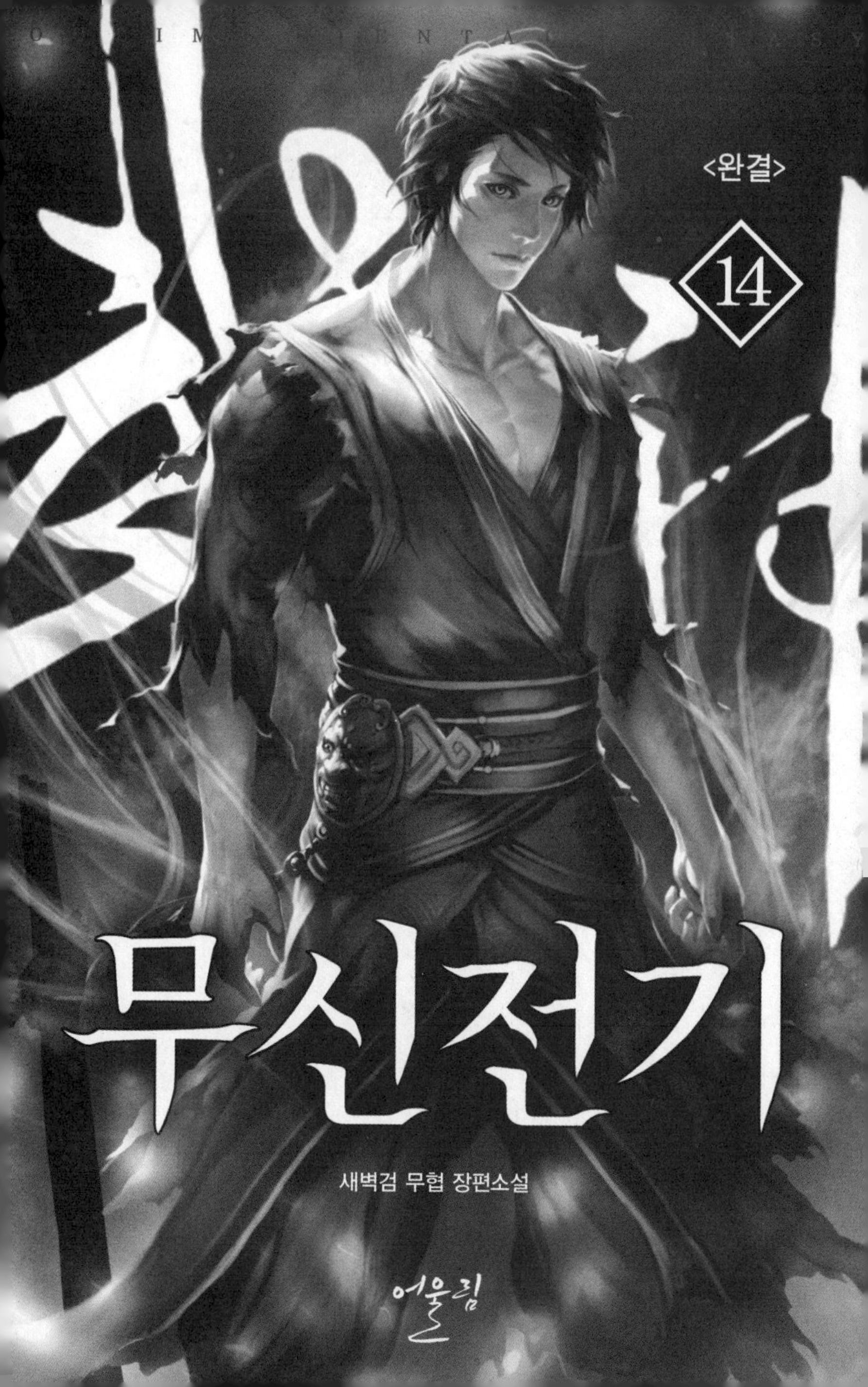
<완결>
14
무신전기
새벽검 무협 장편소설
어울림

목차

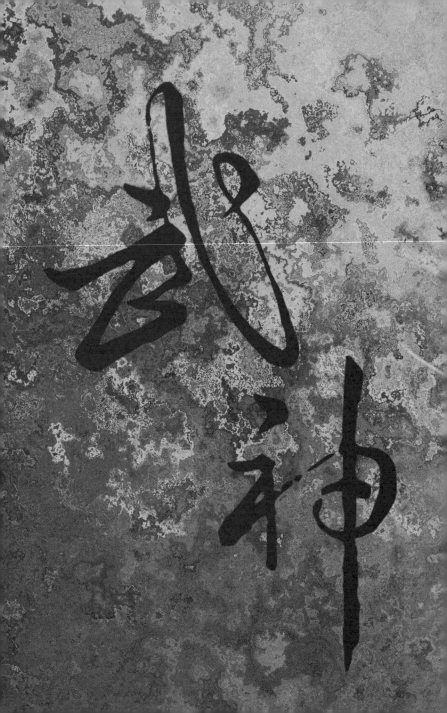

첫 걸음

"하악……!"

숨이 턱 끝까지 차올랐고, 두 다리와 두 팔은 사시나무 떨듯 떨려왔다.

당장에라도 쓰러질 것만 같은 몸을 다시금 일으켜 세운 단서연은 찢겨진 두손으로 검을 부여잡았다.

바닥난 내력을 간신히 끌어올린 단서연은 검을 머리 위로 높게 치켜들었다.

'진법도 하나의 기운이다. 진법을 유지하고 있는 기의 흐름을 한번이라도 끊어낼 수 있다면…….'

진법을 파훼하는데 가장 기초적인 방법은 진법을 구성하

고 있는 기의 흐름을 끊어 내거나 파괴시키는 것이다.

이를 위해서는 진법을 구성하는 기의 흐름보다 강한 힘이 필요했는데 그 과정에서 필요한 내력의 양이 상상을 초월하여 웬만해선 시도조차 하지 않는 방법이었다.

하지만 단서연이 진법을 파훼할 수 있는 방법은 이것 하나뿐이었다.

"후우우우!"

더 이상 남아 있는 내공은 없었다.

그러니 이번 한번의 휘두름이 그녀의 마지막 검이나 다름없었다.

만월을 그리며 단서연의 머리 위로 향한 역천검의 검 끝이 하늘을 향했다.

'적월마검(赤月魔劍) 만월(滿月) 비월단천(緋月斷天).'

자신이 낼 수 있는 최고의 절기가 단서연의 검 끝에서 발현됐고, 그녀의 손에 들린 역천검은 한점 흐트러짐 없이 비설림의 입구를 향해 베어졌다.

푸화하아악—!

쏟아져 내리는 폭포 사이로 만신창이가 된 여인이 모습을 드러냈다.

그녀는 물에 젖은 적갈색 머리를 털어낼 여유도 없는 듯 몇 걸음 걷지 못하고 바닥에 쓰러졌다.

"무…연."

단서연의 힘없는 목소리가 폭포 소리에 잠겨 조용히 사

그라졌다.

* * *

산동에 위치한 태산(泰山)은 그 이름에 걸맞은 웅장한 위용을 뽐냈다.

일반인은 산 정상에 다다르기까지 거진 반나절은 걸렸고, 사냥꾼이나 약초꾼처럼 산을 제 집처럼 드나들던 야인(野人)들도 두시진은 쉼 없이 달려 올라가야 정상에 다다를 수 있었다.

그만큼 태산의 정상은 높디 높았고, 둘레도 서너개의 마을을 담을 수 있을 정도로 넓었다.

"중원의 무인이란 무인들은 전부 모인 것 같군."

"이것이 무신이라는 이름이 가진 가치겠지."

중원 무림에서 무신이라는 이름이 가지는 가치는 대단했다.

백서문이 무연을 찾는다는 벽보를 붙인지 한달여만에 중원에 존재하는 거의 모든 문파에서 무인들을 보내왔다.

그들의 숫자가 근 이천명에 달했다.

그들은 한데 모여 태산의 초입에 진을 쳤다.

"백서문. 그 새끼의 계획이 뭘까?"

다소 과격한 광암의 물음에 제갈윤이 그답지 않게 자신 없다는 듯 얼굴에 부채질을 하며 말했다.

"표면적으로는 무소월님을 노리는 것인 것 같은데 굳이

벽보를 붙인 이유를 모르겠습니다. 이렇게 많은 무인들이 모일 것을 백서문이 예상하지 못했을 리 없습니다."

"하긴 지금 살펴보니 중원에 존재하는 거의 모든 문파에서 무인들을 보낸 것 같더구나. 모두가 소월형님을 돕기 위해서 모인 게야."

"그렇습니다. 그 숫자가 이천여명에 달합니다. 그래서 더 걱정입니다."

"걱정? 이 많은 무인들이 무슨 일을 당하겠는가?"

"맞는 말씀이십니다만… 백서문은 여우같은 자입니다. 아무래도 조심해야 할 것 같습니다."

한 사람을 위해 유례없는 숫자의 무인들이 한데 모였다.

중소 문파에서부터 대 문파까지 삼삼오오 모여 산동의 태산으로 찾아왔다.

이 정도 숫자의 무인들이라면 웬만한 문파는 반시진만에 멸문시킬 수 있었고, 웬만한 연합이나 조직체도 반나절이면 없앨 수 있으리라.

그럼에도 제갈윤은 불안한 마음을 떨쳐낼 수가 없었다.

상대가 바로 백서문이었기 때문이다.

'그 흑의인……'

섭선을 펼친 채 얼굴에 부채질을 하던 제갈윤의 신형이 부르르 떨렸다.

벌써 반년이나 지난 일이었지만 그때만 떠올리면 제갈윤은 저도 모르게 몸을 떨었다.

제갈윤이 믿고 있던 두명의 고수, 화산제일검 장사혁과

권도마수 광암은 드넓은 중원에서도 적수를 찾아보기 힘들 정도로 고절한 무공을 지닌 고수들이었다.

그뿐인가? 사천당문의 문주 당철문이 함께 있었다.

그 세명의 협공을 버텨낼 수 있는 무인은 중원에 없을 거라 믿었다.

그러나 천하의 무신도 이겨내지 못할 거라 믿었던 세 고수의 협공을 흑의인은 가볍게 이겨냈다.

'장사혁님이 돌아가셨다. 모두 부족한 내 탓이야.'

흑의인의 존재는 제갈윤의 머릿속에 상상조차 되지 않던 존재였다.

설마 무신과 맞먹을 무인이 이 세상에 존재할거라 생각하지 못한 탓이었다.

"두번은 실수하기 싫습니다."

진실함과 간절함이 담겨있는 제갈윤을 향해 광암이 손을 뻗어 그의 어깨를 움켜쥐었다.

"네 잘못이 아니다. 흑의인을 이기지 못한 내 잘못이지."

"그자는 아직 살아 있습니다. 아마도 백서문과 함께 있을 테지요."

"그래 백서문도 그 흑의인을 믿고서 소월형님을 부른 것이겠지."

광암의 시선이 태산의 정상을 향했다. 그곳에 백서문과 흑의인이 있다.

제갈세가의 귀재라는 제갈윤조차 예상하지 못할 함정을 파놓은 채 무신을 기다리고 있을 것이다.

만약 무연이 전성기 시절과 똑같진 못하더라도 비슷하기라도 했다면 광암은 아무런 걱정도 하지 않을 것이다.

전성기 때의 무신은 천하의 광암조차 감히 손도 뻗지 못할 정도로 강했다.

그 어느 때보다 강했던 혈교의 무리들을 단신으로 막아낸 것이 바로 무신이었으며, 셀 수 없는 세월을 보낸 무림의 역사에서 사상 최초로 무신이라는 칭호를 가진 것이 바로 무소월이다.

"현재의 소월 형님은 과거보다 많이 약해지셨다. 물론 지금도 형님은 강하시지만… 잘못된 선택을 하실까 두렵구나."

"혼천진기를 사용하실까 걱정하시는 겁니까?"

제갈윤의 물음에 광암은 솔직히 고개를 끄덕였다.

"소월형님의 혼천진기라면 제 아무리 흑의인이라고 하더라도 이길 수 없을게다. 하지만 혼천진기를 사용한다는 것은 죽음을 뜻한다. 나는… 장형을 내 눈앞에서 잃었다. 소월 형님마저 내 눈앞에서 잃을 순 없어."

"무슨 일이 벌어지든 무소월님을 도우려 이천명의 무인들이 모였습니다. 그러니 너무 걱정하지 않으셔도 됩니다."

"그렇긴 하다만……."

광암과 제갈윤이 둥근 탁자를 두고 대화를 나누고 있을 무렵 그들이 있는 간이 천막의 입구가 활짝 열리며 금룡단의 단주 막우건이 모습을 드러냈다.

뭔가 심상치 않은 것을 본 듯 그의 얼굴은 꽤나 어두워 보였다.

"막대협?"

자리에 일어난 제갈윤이 그의 어두워진 얼굴을 보며 심상치 않은 일이 벌어졌음을 직감했다.

"두분께서 와보셔야 할 것 같소."

"무슨 일인가?"

광암마저 자리에 일어나 묻자 막우건이 천막의 입구를 가리키며 말했다.

"일단 가보셔야 합니다. 이건 저도 무슨 일이 벌어지고 있는 건지 모르겠군요."

상황의 심각성을 깨달은 광암과 제갈윤은 막우건을 따라 천막을 벗어났다.

그들은 앞서 걸어가는 막우건을 따라 태산의 초입부근으로 달려갔는데 그곳엔 이미 많은 무인들이 모여 있었다.

"무슨 일인가?"

태산의 초입 부근에서 팔짱을 낀채 서 있던 강노해가 다가온 광암을 발견하곤 고개를 저었다.

"나도 모르겠네. 다만 태산의 정상에서부터 한 소년이 걸어내려 왔는데 각 문파의 대표들을 만나길 원한다더군."

"소년?"

강노해를 지나쳐 앞으로 나아간 광암과 제갈윤은 태산의 초입에 겁에 질린 듯 몸을 바들바들 떨고 있는 한 소년을 발견했다.

그 소년은 금방이라도 울 것 같은 얼굴로 자신을 뚫어져라 바라보는 무인들을 불안한 눈빛으로 바라보고 있었다.

"너는 누구냐."

가만히 있는 무인들 사이로 광암이 나서서 묻자 소년이 몸을 움츠렸다.

그도 그럴 것이 얼굴에 상처를 가득 안고 있는 거대한 중년인이 힘상궂은 얼굴로 다가오며 너는 누구냐고 물으니 겁나지 않을 리가 없었다.

소년이 겁에 질린 듯하자 뒤에서 그들을 지켜보던 백하언이 짤막한 한숨을 내쉬며 고개를 휘휘 저었다.

"어휴. 요령이 없으시다니까. 흠흠!"

장현의 옆에 서 있던 백하언이 목을 가다듬으며 소년을 향해 다가갔다.

"광암님은 잠시 뒤로 빠져 계세요. 제가 물어볼게요."

"그……."

"어서요. 아이가 울려고 하잖아요."

"그, 그래."

예상치 못한 상황에 광암이 머쓱한 얼굴로 뒤로 물러섰다.

그러자 소년과 눈을 마주한 백하언이 방긋 미소 지으며 소년을 향해 나긋나긋한 목소리로 물었다.

"안녕. 누나는 백하언이라고 해. 너는 누구니."

"저, 저는 휘운이라고 해요."

"아아 휘운이라고 하는구나. 누나가 궁금한 것은 네가 산 정상에서 내려와서 각 문파의 대표들을 만나고 싶다고 했잖니. 혹시 누구의 지시를 받고 내려온 거니?"

조용하면서도 부드러운 백하언의 목소리가 소년의 마음을 진정시킨 걸까.

소년은 품속에서 둘둘 말린 금색의 양피지를 꺼내어 끈을 풀어 펼쳤다.

"모두 잘… 들어라!"

갑작스러운 소년의 행동에 백하언이 당황해하며 뒤로 물러섰다.

그녀의 뒤로는 언제 다가온 건지 모를 장현이 본능적으로 허리춤에 손을 가져다 댔다.

"무신을 위해 많이들 모였구나. 멍청한 것들… 내 마음 같아선 너희 모두를 상대하고 싶다만 너희보다 중요한 손님이 있기에 너희들은 이곳에서 모든 일이 끝날 때까지 기다리고 있어라."

"뭐라고!"

양피지를 펼친 소년의 외침에 광암과 문파의 수장들이 격분하며 소리쳤다.

"절대 그럴 수 없다."

"무신을 죽이려는 속셈입니다. 절대 그리할 수 없습니다."

무인들은 백서문의 속셈을 단번에 알아차렸고, 즉각 반발했다.

그도 그럴 것이 무신이라는 존재는 중원을 구한 영웅이자 수호자였다.

그가 한때는 무림 공적으로 알려졌지만 모든 진실이 밝혀진 지금, 진실을 아는 무인들은 백서문과 흑의인으로부터 무신을 지키기 위해 검을 들어올렸다.

그때 무인들의 사이로 마차 한대가 유유히 모습을 드러냈다.

그 마차는 네개의 말이 모는 사두마차였는데 마차의 등장에 무인들이 자연스럽게 좌우로 갈라지며 길을 터주었다.

덕분에 태산의 초입부근으로 다가간 마차는 소년의 앞에서 멈추었다.

드르륵—

마차의 문이 열리고 한 사내가 마차에서 천천히 걸어 내려왔다.

그가 마차에서 내려오자 무인들이 짤막한 탄성을 내질렀다.

"무연."

"무명?"

"무소월 형님……."

그를 부르는 이름은 제각기 달랐지만, 그들이 공통적으로 떠올리는 사내의 존재는 단 하나였다.

무신.

이것이 그를 칭하는 단 하나의 칭호였다.

"나를 찾는다고."

무연의 물음에 소년이 고개를 끄덕이며 두번째 양피지를 꺼내어 펼쳤다.

"무소월. 이곳 태산에 잘 왔다. 너를 지키려 많은 무인들이 모였지만, 아쉽게도 태산의 정상에 올라올 수 있는 것은 오로지 무신, 단 한 사람뿐이다. 만약 무신 외에 다른 녀석들이 태산에 다가오기라도 한다면 나는 아무도 찾을 수 없는 곳으로 숨어들어갈 것이다. 그 누구도 찾을 수 없는 곳으로 말이야. 만약 나를 만나고 싶다면 무신 다른 사람의 동행 없이 홀로 태산의 정상으로 올라오도록."

소년의 말이 이어지는 동안 무인들은 감히 숨소리조차 낼 수가 없었다.

소년의 외침에 담긴 뜻을 모르는 이는 아무도 없었다.

백서문은 무연만이 태산에 올라오길 바랐고, 다른 무인들은 올라오지 못하도록 하였다.

이유야 뻔했다. 이천여명에 달하는 원군을 가진 무연을 잡기 위해서는 그 누구도 닿지 않는 곳으로 무연을 불러들여야 했다.

게다가 태산에는 어떤 함정이 도사리고 있을지 아무도 알지 못했다.

"함정입니다."

제갈윤이 무연을 향해 급히 다가왔다.

"저희에겐 이천명이라는 막대한 수의 무인들이 존재합니다. 이들을 이용하여 태산에 포위망을 구축하면 제아무

리 백서문이라고 하더라도 도망칠 수 없을 겁니다. 그러
니……."

"아무도 올라오지 못하도록 해."

"하지만!"

"널 믿는다 제갈윤. 아무도 태산으로 들어오지 못하도록
해."

말을 마친 무연은 고개를 돌려 자신을 위해 모인 이천여
명의 무인들을 둘러보았다.

그곳엔 익숙한 얼굴들이 가득했다.

용천단으로서 함께 무림맹에 기거했던 동료들과 인연을
맺었던 자들이 가득했다.

과거부터 지금까지 인연을 맺어온 광암과 그의 옆에 선
제갈윤.

용천단주였던 도원과 동료들이었던 이범, 백건, 백하언,
장현, 장혁, 우윤섭, 위지천.

하북팽가의 가주 팽도천과 세가의 무인들.

눈을 뜨고 처음으로 인연을 맺은 화설과 화설중, 남궁청,
모용현.

쌍룡문의 문주가 된 듯한 이령과 그의 문파원들.

마교에서 찾아온 담백과 설영 그리고 미홍과 이목림까지
도 눈에 띄었다.

그 외에도 무연을 위해 모인 수많은 문파의 무인들
과……."

"운현."

운현과 백아연의 모습이 눈에 들어왔다. 운현은 무연을 향해 다가왔다.

"올라갈 생각이지? 또 혼자서."

"그래."

"응… 그게 네 방식이니까. 말릴 수 없다는 것쯤은 나도 알고 있어. 그러니까 늦지 말고 내려와. 널 기다리는 사람이 한두명이 아니거든."

나지막이 들려오는 운현의 말처럼 무연을 기다리는 사람들은 한두명이 아니었다.

"금방 내려올게."

지킬 수 없는 약속이라는 것을 운현도 무연도 알고 있었다.

그럼에도 운현은 멀어지는 무연을 잡을 수가 없었다. 막을 수가 없었다.

그는 늘 그래왔듯이 모든 것을 짊어진 채 홀로 위험 속을 향해 걷고 있었다.

겉으로 표현하고 있진 않았지만, 미세한 떨림을 가진 운현의 손을 백아연이 맞잡았다.

"걱정 마세요. 그는 무연이잖아요."

"저도 알고 있지만……."

그 어딜 돌아봐도 있어야 할 사람이 보이질 않았다.

그 사람의 이름은 단서연. 적갈색의 머리카락을 가진 단각의 손녀딸이자 지금껏 무연과 함께 온갖 시련을 헤쳐 온 여인이었다.

그녀의 모습이 보이지 않는다는 뜻은 단 하나였다.

'그만큼이나 위험하다는 뜻이겠지.'

돌아올 자신이 없다는 뜻이기도 했다.

무연이 이정도 각오를 하고 있는 만큼, 무신이 홀로 걸어가고 있는 길은 다른 이들은 엄두도 낼 수 없을 만큼 위험한 길이었다.

무연을 태운 사두마차가 천천히 태산의 초입길을 따라 태산의 정상을 향해 오르기 시작했다.

* * *

"무신을 태운 사두마차가 태산의 초입길을 따라 올라오는 중이라 합니다."

아래에서 상황을 살피던 부하들이 전한 소식에 반쪽짜리 백색 가면을 쓴 백서문이 미소를 지으며 고개를 끄덕였다.

"드디어 시작이군. 무연 외에 다른 사람은?"

"모두 태산 아래에서 대기 중입니다. 아무도 올라올 생각을 하지 않는 것 같습니다."

"마차에 다른 이가 타고 있지는 않고?"

"주요 무인들의 위치는 모두 파악 중이고 보이지 않는 무인은 없습니다. 다만……."

"다만?"

"단서연의 모습이 보이질 않습니다. 어쩌면……."

말끝을 흐리는 무인을 향해 백서문이 웃으며 손을 저었
다.

　"마차에 타고 있을 린 없다. 그놈이 단서연을 데리고 이
렇게 위험한 짓을 벌일 리 없지. 그 누구보다 사랑하는 여
인이니까 말이야. 무소월놈은 제 사람을 끔찍이 아끼거
든."

　튕기듯 자리에서 일어난 백서문은 자신의 명령을 기다리
고 있는 약 이백여명의 무인들을 바라보며 뒷짐을 지었다.

　"모두들 드디어 때가 되었다. 알고 있느냐."

　"예!"

　이백여명의 무인들의 눈엔 광기가 가득했다.

　모두가 실력 있는 무인들이었으며 이름 있는 문파에서도
장로직에 몸을 담을 수 있을 정도로 뛰어난 무공을 지닌
자들이었다.

　"너희들의 역할은 단 하나. 무신을 막는 것이다."

　"예!"

　그들은 맹목적으로 백서문의 명령에 따라 움직였다.

　명령에 대한 의문점은 가지지 않았다.

　백서문이 수년에 걸쳐 사술을 걸어둔 덕분이었다.

　백서문의 앞에 선 무인들은 움직이는 인형들과 다를 바
가 없었다.

　굳이 다른 점을 꼽자면, 평범한 인형들과는 달리 무인들
은 뛰어난 무공을 발휘하며 사람을 죽일 수 있다는 것이
다.

"가라. 가서 무신을 저지하라. 죽음을 두려워 마라!"

"예!"

이백여명의 무인들이 각자의 병장기를 챙겨 태산에 난 울퉁불퉁한 길을 따라 올라오는 사두마차를 향해 달려갔다.

히히힝—!

사두마차를 이끌고 있던 네마리의 말들이 제자리에 멈춰서서 구슬피 울었다.

그러자 마차에 타고 있던 무연이 마부석에 앉아 말들의 몸을 묶고 있던 끈을 잘라냈다.

"가고 싶은 곳으로 가거라."

자유의 몸이 된 네마리의 말들은 마부석에 앉아 있는 무연을 잠시동안 응시하다가 산속을 향해 달려들어갔다.

말들이 떠난 사두마차에 무연이 홀로 남겨졌다.

그는 마부석에 앉아 조용히 눈을 감았는데 눈을 감은 무연의 감각에 한 무리의 움직임이 느껴졌다.

다가오는 무리의 숫자는 약 이백명.

개개인에게서 느껴지는 기운이 심상치 않았는데 모두가 무공으로는 한 재간 하는 고수들이었다.

"그래 백서문… 이래야 네놈답지."

무연이 감았던 눈을 뜨자 그의 시야에 이백여명의 무인들이 각자의 병장기를 든 채 모습을 드러냈다.

특이하게도 이백명의 무인들에게서 자신을 향한 강렬한

투기가 느껴졌다.

그들의 모습은 마치 자신들에게 내려진 단 하나의 명령을 지키기 위해 움직이는 인형들을 보는 것 같았다.

"역시 네놈다운 짓이야."

마부석에서 내려앉은 무연이 마차의 한쪽 벽면을 잡아 뜯어냈다. 그러자 뜯어진 벽 사이로 마차 안에 들어 있던 커다란 상자가 이백명의 무인들 앞에 나타났다.

무연은 상자를 한손으로 잡아 바닥에 내려놓은 뒤 상자의 뚜껑을 뜯어냈다.

"덤빌 생각이라면 빨리 덤벼. 난 너희들의 주인을 만나야 하거든."

"가라!"

이백명의 무인들이 일제히 무연을 향해 달려들었다.

"쓸데없는 짓을 했군."

팔짱을 끼고 서 있는 흑의인의 중얼거림에 백서문이 어깨를 으쓱하며 말했다.

"좋은게 좋은거니 자네가 이해해주게. 물론 내 자네의 힘을 무시하는 것은 아니지만, 싸움이 끝난 후로 반년이나 지났어. 그러니 변수를 없애는 것이 좋아."

"그래 네 뜻대로 해라. 하지만 그것 하나만은 알아둬."

"뭐?"

의아한 얼굴을 한 채 자신을 바라보는 백서문을 향해 흑의인이 입술을 뗐다.

"무의미한 짓이다."

"무의미하다고?"

"그래 저자가 정말로 무신이라면, 네가 보낸 저 꼭두각시들은······."

흑의인이 등을 돌렸다.

"아무짝에도 쓸모없을 테니."

* * *

그 누가 상상이나 했겠는가. 아니 상상하지 못했을 것이다. 무연의 부탁으로 상자를 준비한 홍예조차 상상하지 못했던 일이었으니 말이다.

무연이 꺼낸 커다란 상자에는 온갖 종류의 병장기들이 들어 있었다. 평범한 외양의 검부터 곡도, 태도, 중검, 창, 월도, 둔기, 사슬추, 단도, 권갑까지.

전쟁터에서나 볼 수 있을 법한 무기들이 가득했다.

무연은 상자를 들어 이백명의 무인들을 향해 내던졌고, 하늘로 날아간 상자에서 온갖 종류의 무기들이 쏟아져 내리자 당황한 무인들이 혼비백산한 얼굴로 사방으로 흩어졌다.

'아차! 진열을 흐트러트리면!'

사방으로 흩어진 무인들은 서로에게서 멀어지는 순간 잊어선 안 되는 사실 하나를 깨닫고야 말았다.

'상대는 무신이라 불리던 무인의 정점. 흩어지는 순

간······.'

창을 들고 서 있던 무인의 입이 쩍— 하고 벌려졌다.

그의 앞에 검을 든 무연이 귀신처럼 홀연히 나타난 것이다.

"이쪽······!"

말을 채 마치지 못한 무인의 목이 허공을 날았다.

목을 잃은 그의 몸은 바닥에 허물어졌고, 검을 휘두른 무연의 신형은 다시 한번 귀신처럼 홀연히 사라졌다.

그때부터였다.

무연은 병장기가 내리꽂힌 둥근 원안에 모습을 드러냈고, 그럴 때마다 바닥에 꽂혀 있는 무기들이 하나둘씩 사라졌다.

"커억!"

"쿨럭!"

그와 동시에 사라진 병장기를 몸에 꽂은 채 목숨을 잃은 무인들이 하나둘씩 나타나기 시작했다.

무연은 검과 창, 도끼와 단도를 자유자재로 휘두르며 무인들을 죽여나갔다.

대적?

대항?

반격?

이러한 단어들은 무신의 앞에선 모두 무의미했다.

번개같이 움직이는 무연의 신형은 이백명의 무인들을 종횡무진하며 죽여 갔고, 이백에 달하던 고수들은 어느새 절

반 가까이 줄어 아흔다섯명만이 살아남아 서로의 등을 맞
대고 무기를 들어올렸다.

"하아… 하아! 도, 도대체 무슨 일이 벌어지고 있는 거
야!"

무인들은 본능적으로 무연을 죽이도록 각인되어져 있었
다. 이는 백서문의 강력한 사술 덕분이었다.

하지만 그들이 느끼는 두려움은 뿌리 깊이 박혀 있던 백
서문의 사술을 뛰어넘었다.

만약 대등한 싸움을 펼치다 죽임을 당하는 것이라면 백
서문의 사술에 영향을 줄 수 없었을 테지만, 압도적인 무
연의 무력은 남은 아흔다섯명의 무인들에게 허탈함과 허
무함 그리고 두려움을 심어주었다.

부웅―!

오른손에 월도를 쥔 무연이 남은 아흔다섯명의 무인들
앞에 나타났다.

그는 무표정한 얼굴로 월도를 들어올렸는데 월도의 도신
에 은빛색의 강기가 모여들었다.

"사, 상대는 단 한명이다. 일제히 공격해!"

아흔다섯명의 무인들 중 스무명의 무인들이 무연을 향해
정면으로 달려들었다.

약간은 무모할 수 있었지만, 나머지 일흔다섯명의 무인
들이 반으로 나뉘어져 무연의 왼쪽과 오른쪽을 점하며 달
려들었으니 어쩌면 나쁘지 않은 전략이라 할 수 있었다.
상대가 무신이 아니었다면 말이다.

"커… 커헉!"

소리 없이 내질러진 무연의 월도가 가장 정면에서 달려오던 무인의 목덜미를 꿰뚫었고, 뒤이어 달려오던 무인들의 가슴과 복부를 꿰뚫었다.

무연은 순식간에 세명의 무인들을 죽음으로 내몬 월도를 발로 밀어내듯이 찼고, 화살처럼 쏘아져 나간 월도는 이어서 두명의 무인을 꿰뚫고 나서야 멈췄다.

"죽어라!"

"괴물 같은 새끼!"

뒤이어 무연의 양쪽에서 달려든 무인들이 무연의 목과 옆구리를 향해 검을 휘둘렀다. 그러자 무연이 왼발을 살짝 들어올린 후 땅을 짓밟았다.

쿠웅—!

무연의 발이 땅에 닿는 순간 엄청난 충격파가 발생하며 땅이 울렸다. 때문에 균형을 잃은 무인들이 무연에게 제대로 된 공격을 가하지 못했다.

무연은 양손을 뻗어 가장 가까이에 서 있던 두명의 무인들의 손목을 잡아 비틀었다.

우드드득—!

뼈가 부러지는 소리가 기괴하게 울려퍼졌고, 손목이 부러진 무인들이 저도 모르게 검을 놓쳤다.

그들의 손을 떠난 두개의 검은 무연의 발길질에 의해 자신의 주인들을 향해 날아갔다. 두명의 무인이 자신들의 검을 가슴에 꽂은 채 쓰러졌다.

덥석―!

바닥에 떨어진 사슬추를 손에 쥔 무연이 사슬을 길게 잡
으며 이를 넓게 휘둘렀다.

공격 반경이 넓은 사슬추의 범위를 벗어나기 위해 무인
들은 사방으로 흩어져야 했다.

이중에서도 태산의 정상으로 향하는 길목으로 도망친 무
인은 갑작스럽게 날아드는 사슬추에 온몸이 짓뭉개졌다.

"마, 막아!"

무연이 나머지 무인들을 놔둔 채 태산의 정상으로 신형
을 날리자 놀란 무인들이 무연을 쫓으려 달려갔다.

그러나 이는 무인들의 실수였다.

"아……."

무연을 쫓아 정상으로 달려가던 무인들은 제자리에서 두
다리를 넓게 벌린 채 서 있는 무연을 바라보며 입을 벌렸
다.

손에는 검을 쥐고 있었지만 도저히 검법을 펼칠 수가 없
었다. 이미 늦었음을 직감했기 때문이다.

털석― 털석―!

정면에 선 스무명의 무인들이 제자리에 쓰러졌다.

주먹만 한 크기의 구멍은 고수들에게도 평등한 죽음을
선사했다.

검을 들거나, 무공을 펼치는 것은 무의미한 짓이었다.

정면으로 쏘아져나간 무연의 은백색의 기운은 그 무엇으
로도 막을 수 없었다.

"계속 덤비겠나?"

아직 수십 명의 무인들이 살아 있었지만 그들은 감히 무연의 앞에 서지 못했다.

한 번의 주먹질로 동료들이 허무한 죽음을 맞이했다. 무신에게 자신들이 할 수 있는 게 없음을 깨달은 것이다.

더 이상 덤비는 이가 없자 무연은 망설임 없이 등을 돌려 태산의 정상을 향해 걸어갔다.

물론, 무연을 막는 이는 없었다.

*　*　*

'무신? 그래 무소월 그 녀석에게 가장 잘 어울리는 별호지. 응? 네 표정이 마치 이해가 안 된다는 것 같구나. 아아 무신이란 별호가 무슨 뜻이냐고? 말 그대로란다. 무신은 말 그대로 무신이야. 무인의 정점에 서 있다는 뜻이지. 그것뿐인가. 웬만한 무공은 보는 것만으로도 따라하고 다루지 못하는 무기란 없지. 그게 무신이 아니면 뭐겠느냐. 하하!'

과거의 기억으로부터 현실로 돌아온 흑의인은 시선을 돌려 백서문이 보낸 이백의 무인들을 내려다보았다.

분명히 눈을 감기 전만 해도 살아 있는 무인들의 수는 이백 명이었지만 지금 남은 무인들의 숫자는 오십 명이 채 안 됐다.

"무인의 정점… 모든 무기를 다루는 자."

말 그대로였다.

세상에 내려앉은 각양각색의 무기들이 무연의 손에 닿는 순간 투박한 검은 명검이 되었고, 이름 없는 창은 명창이 되었다.

물론 홍예가 무연을 위해 구해온 무기들이었기에 보통의 무기들보단 뛰어난 성능을 가지고 있었지만, 무연에 손에 들어간 무기들은 궤를 달리하는 위력을 보였다.

"정말 네 말대로군. 꽤나 신경 써서 모은 무인들이었는데 말이야."

"난 무신을 맞이할 준비를 할 테니 넌 실수 없이 처리해."

"알겠어."

백서문은 흑의인을 뒤로 한 채 산을 내려갔다.

이제 반년간 준비해온 일을 실행할 때가 온 것이다.

백서문이 떠나고 홀로 남은 흑의인은 검을 꺼내어 부드러운 천으로 검신을 천천히 닦았다.

이미 깨끗한 검신은 흑의인의 손길에 점점 더 밝은 빛을 발했고, 깨끗해진 검신에 흑의인의 얼굴이 비춰졌다.

"다시 만났군. 무소월."

태산의 정상. 인위적으로 베인 나무들과 다져진 토양은 둥글고 널찍한 공터가 되었다.

무인들이 자웅을 겨루기에 매우 최적화된 장소라고 할

수 있는 그곳에서 마침내 흑의인과 무연이 서로를 마주했다.

"네가 쓰는 그 검. 누구한테 배웠지?"

"이것 말인가?"

흑의인이 검을 들어올렸다. 그와 동시에 흑의인의 검신에서 묵색의 기운이 꿈틀거리며 기이한 기운을 발산했다.

음산하면서도 기괴한 빛과 기운을 띄는 흑의인의 기운은 무연이 알던 것과 달랐다.

'묵린 연무검이…….'

"왜 의외인가? 그럴 만도 하지. 네가 알고 있던 묵린연무검과 내가 새로 창조한 묵린연무검법은 차원이 다르니."

"네가 새로 창조했다고?"

"그래. 마신이 만든 묵린연무검법은 분명 뛰어난 검법이었다. 마신(魔神)이란 칭호가 아깝지 않았지. 하지만 마신이 만든 묵린연무검은 나와 맞지 않았어. 정확히 말하자면 내가 이루고자 하는 일과는 맞지 않는 검법이었지."

꿈틀거리던 흑의인의 검은 기운이 천천히 사그라졌다.

"마신이 만든 묵린연무검엔 살상력이 부족했어. 나름대로 내게 맞는 검법을 만들었겠지만, 내가 추구하는 검법이란 사람을 최대한 빠르고 간결하게 죽일 수 있어야 했고, 나는 이를 위해 묵린 연무검을 새롭게 만든 것이다. 빠르고 간결하게 나의 적을 죽일 수 있도록."

"넌 누구지?"

"이미 알고 있잖아. 내가 누구인지."

두 팔을 벌리고 선 흑의인을 향해 무연이 고개를 끄덕이며 두 주먹을 강하게 말아 쥐었다.

"그래. 알고 있지."

은백색의 기운이 무연의 발끝에서부터 휘몰아쳤다.

"단명우."

두 번째 그리고 세 번째 걸음

　흑의인과 무연이 만났음을 확인한 백서문은 무연이 없는 틈을 타 태산을 빠른 속도로 달려 내려갔다.

　그가 향한 곳은 무연을 기다리고 있는 이천여명의 무인들이 모여 있는 곳이었다. 눈치 빠른 이들은 백서문이 자신들에게 다가오고 있음을 알아차리고는 험상궂게 변한 얼굴로 기운을 끌어올렸다.

"백서문!"

　가장 먼저 가면 쓴 백서문을 발견한 광암이 기운을 극한으로 끌어올리며 으르렁댔다.

　그의 외침에 나머지 무인들도 본능적으로 단전에서 기운

을 끌어올리며 각자의 무기를 들었다.

"이런 진정들 하라고."

뻔뻔한 낯짝을 들이밀며 등장한 백서문은 자신을 향해 노골적인 살의를 드러내는 광암과 나머지 무인들을 돌아보았다.

"많이들 모였군, 전부 무신을 위해서인가? 어디보자… 화산파부터 하북팽가… 모용세가, 사천당문, 한놈밖에 안 남은 청성파? 하하하! 무림맹을 배신했던 남궁세가까지 있군! 내가 제일 뻔뻔한 줄 알았는데 그게 아니었나봐?"

백서문의 농간에도 무인들은 섣불리 움직이지 않았다.

그래서일까 백서문의 비웃음은 멈출 줄을 몰랐다.

"하하! 멍청한 놈들 네놈들이 무신을 돕는답시고 이곳에 모이는 동안 내가 무슨 짓을 했을까? 응? 집지키는 개새끼들이 여기 전부 모였으니 내가 뭘 했겠냐 말이야?"

광기 어린 백서문의 눈빛과 뱀의 것을 닮은 백서문의 혓바닥이 무인들을 농락했다. 하지만 백서문의 예상과는 달리 무인들은 동요하지 않았다. 오히려 백서문을 향한 분노와 투기를 끌어올릴 뿐이었다.

"미안하지만 백서문. 이곳에 개방이 없는 이유를 알고 있나?"

섭선을 손에 쥐고 나타난 제갈윤을 향해 백서문이 짜증스럽게 머리카락을 쓸어올렸다.

"후… 제갈… 이 쥐새끼 같은 놈. 너는 내 소소한 즐거움을 빼앗는구나."

"이곳에 무인들을 보내온 모든 문파에 개방의 거지들을 보내 놨다. 만약 무슨 일이 생기더라도 문파에 해를 입히진 못할게다."

"반년 전보다는 영리해졌구나."

"덕분이지."

"하기사 하하! 네 어리석음과 멍청함 때문에 화산제일검을 죽일 수 있었으니 이번만큼은 용서해주마 제갈… 아! 이런… 장사혁을 언급해선 안 되는 거였나? 응?"

백서문의 시선이 이번엔 화산파를 향했다.

혁우린을 필두로 한 화산파의 무인들은 자신들을 비웃으며 장사혁을 모욕하는 백서문을 향해 엄청난 살기를 내뿜었다. 그중에서도 화설과 화설중이 눈에 보일 듯한 강렬한 살기를 내뿜었다.

"이런 날 너무 미워하지 말라고. 먼저 덤빈 것은 네놈들 쪽이었잖냐. 장사혁 그놈이 나약했을 뿐이야. 내 잘못이 아니라고?"

"거기서 한마디만 더 하면 네놈의 목을 뽑아주마."

얼음장처럼 차갑고 살벌한 혁우린의 목소리가 백서문의 귓가에 들려왔다. 다른 이였다면 두려움에 몸을 떨었을 테지만 백서문은 달랐다.

오히려 손으로 입가를 가린 채 웃음을 참는 시늉을 해 보인 것이다.

"품! 자신들의 웃어른조차 지키지 못한 놈치고 기세는 좋구나 혁우린. 하지만 아쉽게도 모자란 네놈들과 자웅을

겨루고 싶은 마음은 굴뚝같지만 내가 할 일이 너무 많아서
말이야."

"헛수작 부리지마라 백서문. 지금이라도 당장 네놈을 죽
여 버릴 수도 있으니까."

"네놈이야말로 행동거지를 조심하거라 광암. 네놈의 부
족함으로 장사혁을 죽여 놓고선 이번엔 이곳에 모인 이천
명의 무인들을 죽일 셈이냐?"

"뭐라고?"

"아아. 내가 말을 하지 않았구나. 지금 너희들이 서 있는
땅에 장난질을 쳐놨거든 내가 괜히 반년을 기다렸는지 아
느냐?"

백서문의 말이 끝나기가 무섭게 이천명의 무인들이 땅바
닥을 내려다보았다.

다른 곳과 달라 보이지 않는 땅.

백서문이 간사한 혓바닥으로 거짓을 일삼는다 생각한 광
암이 백서문을 향해 발걸음을 내디뎠다.

"더 이상 네놈의 술수에 넘어가지 않는다."

"난 경고를 했으니 내 잘못이 아니란 것만 알아두라고."

"뭣……."

쿠구구궁—!

광암이 살짝 앞으로 움직이는 순간 이천명의 무인들이
서 있는 땅이 성인남자 무릎 높이만큼 움푹 패었다. 놀란
무인들이 몸부림치며 움직이려는 순간 광암이 소리쳤다.

"모두 동작을 멈추어라!"

"오. 현명하군 광암."

모두가 광암의 외침에 동작을 멈추자 울렁거리던 땅이 조금은 진정됐다.

"사실 이렇게나 많은 인원이 올 거라고 생각하지 못해서 말이야. 전부 들어갈 수 있을 거라곤 장담 못하겠는걸… 뭐 이 점은 내가 사과하지."

"이런 걸로 우릴 막을 수 있을 거라 생각하나?"

"크하하하! 광암! 너는 보면 볼수록 멍청한 게 매력이라니까. 그래 맞아 이 따위 장난질로 천하의 권도마수와 이름난 고수들을 잡아둘 수 없겠지. 하지만 이천명을 모두 가둘 순 없어도 상관없어 최소 오백명 정도는 죽음을 맞이할 테니까."

바드득—

광암이 이를 갈며 백서문을 죽일 듯 노려봤다.

만약 바라보는 것만으로도 사람을 죽일 수 있었다면 백서문은 광암에게 벌써 여러번 찢겨 죽었을 것이다.

그러나 눈빛으로는 무인을 죽일 수 없었고, 광암은 할 수 있는 것이 없었다.

"어떠냐. 광암. 일대 오백이다. 오백명만 희생하면 이 나를 잡을 수 있단 말이다. 어때 해볼 만하지 않으냐?"

이미 셀 수 없는 거짓말로 사람들을 우롱하고 죽여온자가 백서문이었다.

이것 또한 그의 허세와 거짓일 가능성이 높았다.

그러나 광암은 움직일 수가 없었다.

그의 사소한 움직임 하나에 최소 오백여명의 목숨이 달려 있었기 때문이다.

'이걸로 이놈들의 발은 묶어놓았고…….'

한번의 술수로 무려 이천에 달하는 무인들의 발목을 잡아놓을 수 있게 된 백서문의 시선이 태산의 정상으로 향했다.

'이제 남은건 둘이군.'

* * *

"이유가 뭐지?"

"이유? 내 행동들에 대한 이유를 묻는 건가?"

"그래. 네겐 단각이 있었고, 아내가 있었으며, 딸도 존재했다. 왜 그 모든 것을 버린 거지?"

무연은 단명우의 행동들이 이해가 되지 않았다.

그는 부족한 게 없는 남자였다.

마신이라 불리던 아버지와 절세가인으로 손꼽히던 아내 그리고 어여쁜 어린 딸이 있었으며, 차기 마신이라 불릴 만큼 뛰어난 재능을 갖고 있었다.

그런 자가 뭐가 아쉬워서 모든 것을 버려야만 했을까.

모든 의문점에 대한 해답을 갖고 있는 단명우의 입술이 서서히 열렸다.

"네가 궁금한 건 그건가? 모든 것을 갖고 태어난 내가 뭐가 아쉬워서 모든 것을 버렸는지… 그게 궁금한 거냐?"

단명우의 물음에 무연이 고개를 끄덕였다. 그러자 단명우가 검을 땅에 박아넣었다.

"태어날 때부터 지금까지 나는 감정이라는 것을 가져본 적이 없다. 모두가 날 사랑했지만, 나는 그들의 사랑을 느낄 수 없었고, 그들을 사랑하지도 않았다. 그래… 난 감정을 갖고 태어나지 못했다."

처음 듣게 된 단명우의 이야기에 무연이 기운을 거두었다. 싸우기도 전부터 기운을 끌어올려봤자 좋을게 없었기 때문이다.

무연이 기세를 거두는 것과는 별개로 단명우는 자신의 이야기를 계속해서 이어나갔다.

"어릴 땐 몰랐지만 나이를 먹어감에 따라 나는 내가 남들과는 다르다는 것을 깨달았지. 난 남들이 모두 가지고 있는 것을 갖지 못했다. 그건 내가 노력한다고 해서 가질 수 있는 종류의 것이 아니었지. 나는 단각이 가르친 무공에서만 유일하게 흥미를 느꼈다."

"감정을 느끼지 않는 것과 가족들을 버린게 무슨 상관이지?"

"네놈은 모르겠지 감정을 느끼지 못한다는 게 무슨 뜻인지……."

감정이 담기지 않은 공허한 단명우의 눈동자가 무연을 향했다.

"넌 결핍되어 본 적이 없을 테니까."

*　*　*

태어났을 땐 알지 못했다. 나를 내려다보는 인간들은 신기해했다. 그 이유는 간단했다. 내가 다른 아기들과 달리 울지 않았기 때문이다.

나는 모두의 부러움을 받았다. 나의 아버지는 그 유명한 삼신 중 한명인 마신(魔神) 단각이었으니까.

모두의 예상대로 나는 무공에 대한 엄청난 재능을 보였다. 우습게도 남들은 흉내조차 낼 수 없는 마신의 무공들이 내겐 지루하리만큼 쉽게 느껴졌다.

만약 내가 감정을 느꼈다면 그랬을 것이다.

차기 마신이라는 칭송을 받으며 성인이 되었고, 마교 내에서도 아름답기로 소문난 여인을 아내로 맞이했다.

우리는 혼인을 한 이후 으레 그렇듯 첫날밤을 보냈다.

여인은 내게 사랑을 느꼈을 테지만 나는 기계적인 움직임으로 사랑을 표현하는 척했다.

'당신은 웃질 않네요. 혹시 제가 싫으신 건 아닌지요?'

자신을 싫어하냐 묻는 아내를 향해 나는 아무 말도 하지 않았다. 아니, 못했다.

왜 웃어야 하는지 몰랐으며 싫어하는 것도 아니었으니까.

아내는 아무 말 하지 않는 나를 두고 돌아섰다.

그녀의 밝았던 얼굴엔 수심이 드리워졌고, 맑고 부드러 웠던 미소는 사라졌다.

그녀는 나를 대신해 사랑을 쏟을게 필요했고, 내 대용품 으로 꽃을 가꾸기 시작했다.

덕분에 마교엔 그녀만을 위한 정원이 생겨났다.

그리고 얼마 안가 나의 씨를 받아 태어난 딸이 생겼고 그 로써 가족이 완성되었다.

그렇게 시간은 흐르고 흐르고 계속해서 흘러갔지만, 구 멍 난 내 가슴엔 아무것도 채워지지 않았다.

그때부터 나는 한가지씩 작은 목표를 세웠고, 차근차근 이를 이뤄 나갔다. 그 목표엔 무공이 가장 제격이었고, 내 아버지는 점점 더 성장해나가는 나를 보며 기뻐했다.

아마 기뻐했을 것이다.

나는 무공 외에도 마교에 존재하는 모든 사술을 배웠다. 인간의 내면을 다루는 사술은 무공만큼이나 배울 만한 가 치가 있는 것이다.

어쩌면 나를 바꿀 수 있을지도 모른다는 희망을 가졌다.

희망은 부질없는 것이다. 그리고 어느 순간부터 마교엔 무공으로 나를 따라올 만한 무인은 보이지 않았다.

그나마 내 아버지만이 나보다 위에 있을 뿐이었지.

그 순간 나는 한가지 깨달았다. 나만큼이나 뛰어난 인간 은 없다는 것을.

감정을 느끼지 않는 인간은 정해진 목표로 향하는데 아 무런 걸림돌도 갖지 못한다.

감정이란 인간을 나약하게 만들 뿐이었지, 나는 두려움도 지루함도 고통도 슬픔도 사랑도 느끼지 않는다.
　나는 가장 완벽한 인간.
　힘이 전부인 작금의 무림에서 가장 어울리는 인간.
　응당 신이라 추앙받아야 마땅한 존재였다.

　"그래서 신이라도 돼보기로 마음먹었다는 것이냐."
　무미건조한 무연의 물음에 단명우가 땅에 박혀 있던 검을 뽑아냈다.
　"하지만 그러기엔 걸림돌이 너무 많았지. 내가 아무리 강한 무공을 가지고 있다 한들 무림 전체를 상대로 싸울 순 없었다."
　"무림 전체를 상대로 싸울 수 없었다… 네 목표는 무인의 종말인가?"
　"정확해. 개미들에겐 인간의 손가락과 발바닥이 마치 신처럼 느껴지겠지. 왜냐하면 그것들이 자신들의 동료와 자기 자신을 아주 손쉽게 짓눌러 죽이니 말이야. 그게 무슨 뜻인지 알고 있느냐 무소월? 범인들에겐 무인이 신처럼 느껴질 거야. 하지만 같은 무인들에겐 그렇지 않겠지. 그러니 나는 이 중원 무림에 존재하는 무인들의 숫자를 줄일 생각이다. 이 세상에 개미만 남으면 내가 진정한 신이 될 테니까."
　"네놈의 그 따위 말도 안 되는 야망을 위해서 단각이 죽어야 했나?"

46

"내 야망은 너로부터 시작되었다 무신."

"뭐?"

"너는 무인들의 정점. 내가 생각하는 가장 신에 가까운 존재였다. 하지만 이 세상에 무인이 존재하는 한 네놈을 뛰어넘을 존재는 언제든 나타날 것이다. 이 세상에 존재하는 수많은 무인들이 한데 힘을 합치면 네놈을 죽일 수도 있지. 그리고 혈교가 그걸 거의 해냈지. 이걸 봐라 무소월 너는 무인들의 신이라 불리지만 미완성의 신이야. 신은 죽지 않아. 나는 가장 완성된 신이 될 것이다. 그게 내가 태어난 진정한 의미. 나의 존재 가치다."

공허함만이 느껴지는 단명우의 두 눈동자를 응시하며 무연은 기운을 다시금 끌어올렸다. 단명우의 야망과 그의 결핍 따위는 무연에게 중요하지 않았다.

그의 과거와 사정 따위도 중요하지 않았다. 현재 무연에게 가장 중요한 것은 단명우를 죽이는 일이었다.

이러한 무연의 생각을 알아차린 걸까 단명우도 거대해지는 무연의 기세에 맞춰 기운을 끌어올렸다.

"그리고 그것 아느냐. 너와 나는 닮아 있어 자신의 목적을 위해서는 사사로운 감정 따위는 생각지 않는 네놈과 나는… 그 누구보다 비슷한 존재다."

순식간에 자취를 감춘 무연의 신형이 단명우의 앞에 나타났다.

다른 이였다면 반응조차 할 수 없는 빛과 같은 속도.

그러나 단명우는 달랐다.

그의 검은 어느새 무연의 목덜미에 닿아 있었고, 그의 묵검 역시 무연의 손바닥에 막혀 있었다.

"너와 난 누구보다 닮아 있다. 우린 어떤 인간보다도 완성된 존재다."

"관심 없다."

꽈앙!

두개의 거력이 폭발했고, 서로를 마주한 두명의 신형이 뒤로 주르륵 밀려났다.

"단각과 너를 아는 모든 사람들이 네 죽음을 마주했다. 그런데 어떻게 살아 있는 거지?"

"마교에 존재하는 온갖 사술은 인간을 속이기에 안성맞춤이었다. 천하의 단각도 아들의 죽음에 큰 충격을 받았는지 내가 만들어낸 가짜 시신을 진짜 나라고 착각하더군. 미완성된 존재란 그런 것이다. 무소월."

"네 죽음은 눈속임이었다는 것이냐."

무연의 신형과 단명우의 신형이 옅은 잔상을 남기며 서로를 향해 쇄도했고, 둘의 신형은 수십번이나 겹쳐졌다 떨어졌다를 반복했다.

그럴 때마다 엄청난 굉음과 충격파가 온 대지를 울렸다. 마치 이무기를 형상케 하는 단명우의 묵색 기운이 다섯갈래로 나뉘어지며 무연을 향해 날아들었다.

천하의 화산제일검도 막기 버거워하던 기운이었는데 무연의 양 주먹에서 소용돌이치던 은백색의 기운이 단명우의 기운과 부딪치며 커다란 굉음을 만들어냈다.

"그래. 내가 살아 있다는 것을 아는 것은 오로지 내 아내였던 유란이란 여인뿐이었다."

두개의 묵색 기운을 피한 후 뒤이어 자신에게 날아드는 세개의 묵기마저 찢어발긴 무연의 신형이 제자리에 우뚝 멈춰 섰다.

"네 아내는… 알고 있었다고?"

"이상하게도 그녀에겐 내 사술이 먹히질 않았거든 아마도 내 죽음에 충격을 받지 않았기 때문이었겠지. 그래서 그녀를 협박하기로 했지. 유란에겐 절대로 잃어선 안 될 존재가 있었거든."

단명우가 말하는 유란의 소중한 존재가 단서연임을 알아차린 무연의 눈빛이 눈에 띄게 흔들렸다.

"하지만 정사대전이 끝나고 내 계획이 네 덕분에 물거품이 된 순간 나는 새로운 계획을 세우기로 했다. 너라는 변수를 간과했던 것을 떠올려 단 하나의 변수도 남겨둘 수 없었고, 결국 유란을 죽이기로 했지. 단서연을 빌미로 유란을 압박했고, 그 결과 유란은 단서연을 지키기 위해 자살을 택하더군."

쿠구구궁—!!

무연의 존재감이 태산의 정상을 가득 메우기 시작했다.

그의 몸에서 흘러나온 기운엔 사람의 숨을 멎게 할 만큼 엄청난 살의가 담겨 있었다.

"단서연은 할아버지와 아버지의 죽음으로도 모자라 어머니의 죽음마저 가슴속에 품고 자라왔다. 평생을 살아남는 것을 위해 고군분투했으며, 석연치 않는 네 죽음의 비밀을 파헤치려 그 누구보다 열심히 움직였다."

"그랬나?"

"그 모든 것은 기억도 나지 않는 네놈을 위해서였고, 죽어간 자신의 가족들을 위함이었다."

"그러고 보니 단서연의 모습이 보이지 않더군. 혹시 어디에 두고 온 건가? 그렇다면 꽤나 현명한 선택이라 말해주고 싶군."

"넌 내 손에 죽을 거다. 단서연은… 네가 살아 있는 것조차 모를 테니."

"단서연은 내 죽음의 진실을 쫓고 있다 하지 않았나? 네가 날 죽이면 단서연은 영원히 진실이 무엇인지 알 수 없게 될 텐데 괜찮은 거냐."

무연의 기세가 점점 더 불어났다.

끝도 없이 커져가는 무연의 존재감은 어느새 태산의 정상을 뒤덮었고, 이어서 단명우를 압박했다.

"그래."

진실은 존재했다. 그러나 무연은 진실을 묻어버릴 생각이었다. 단서연은 이미 많은 슬픔을 가슴에 품었고, 가족들의 죽음을 등에 짊어지고 살아왔다.

무연조차 감당하기 힘든 진실이 그녀에게 전해지길 바라지 않았다.

"그럼 해보거라. 단서연의 유일한 혈육인 나를 죽임으로써 진실을 묻어라."

"안 그래도 그럴 생각이다."

분노와 슬픔이 동시에 느껴지던 무연의 눈동자에서 곧 자신과 마찬가지로 아무런 감정이 느껴지지 않자 단명우는 다시 한번 자신과 무연이 닮아 있음을 느꼈다.

'너와 난 닮아 있다.'

양손을 단전 쪽으로 끌어당긴 무연이 기운을 폭발적으로 끌어올린 후 양 주먹을 좌우로 넓게 펼쳤다.

그러자 은백색의 기운이 무연의 양손목에서부터 어깨까지 소용돌이치며 강렬한 뇌기를 머금었다.

이에 대항하여 단명우가 검을 들어 기운을 끌어올렸는데 꽃처럼 피어난 묵색의 기운이 일곱갈래로 나뉘어지며 검신의 끝에 매달렸다.

마치 단명우의 검 끝에서 일곱 개의 머리를 가진 뱀이 태어난 것처럼 보였다. 원하던 기운을 전부 끌어 모은 무연의 신형과 단명우의 신형이 서로를 향해 달려들었다.

그들의 두 발이 땅에 닿을 때마다 대지는 움푹 패며 갈라졌고, 대기는 쩌렁쩌렁하게 울렸다.

곧이어 무연의 오른주먹과 단명우의 묵색의 검기가 공터의 중심에서 맞부딪쳤다.

쾅아아아앙—!

인간의 수준을 뛰어넘은 두 기운의 충돌은 다시 한번 엄청난 충격을 만들어냈고 그 순간 두명의 무인이 서 있던 공터의 바닥이 무너져 내렸다.

두명의 무인은 자신들이 서 있는 대지가 무너지고 있음

을 깨달았다.

하지만 서로가 가진 기운의 크기가 너무도 커 함부로 움직일 수가 없었다. 누구라도 힘을 빼는 순간 상대에게 당할 수도 있음을 알고 있었기 때문이다.

그렇게 두명의 무인은 꺼져버린 땅속을 향해 빨려들어가듯 사라졌다.

콰가가강—!

대지를 울리는 거대한 충돌이 이어짐에 따라 뭔가가 무너지는 듯한 땅울림이 모든 무인들에게서 느껴졌다.

"드디어……!"

자신이 준비해둔 무대가 마침내 무너졌음을 깨달은 백서문의 시선이 옴짝달싹 못하는 이천명의 무인들을 향했다.

그들은 어리둥절한 표정으로 태산의 정상을 바라보고 있었는데 그들의 궁금증을 풀어주려 백서문이 입을 열었다.

"걱정 말거라. 내가 준비해둔 함정에 두명의 무인이 보기 좋게 걸려든 것뿐이니."

"뭐라고! 네 이놈! 무소월 형님이 잘못되기라도 한다면 네 기필코 네놈을 죽이리라!"

분노를 금치 못하는 광암을 향해 백서문이 빙긋 웃었다.

"맘대로 하라고. 어차피 무소월은 살아서 태산을 빠져나오지 못할 테니까. 어쩌면… 이미 죽었을지도 모르지 하하하!"

광소를 터트리는 백서문의 모습을 보며 이천명에 달하는

무인들이 서로를 응시했다. 그들이 느끼는 감정은 셀 수 없을 정도로 복잡했지만 그들에겐 공통점이 있었다.

목숨을 건 단 하나의 각오.

"이대로 가다간 백서문의 농간에 아무것도 못하고 무신을 잃게 될 겁니다."

"선택해야 합니다."

"하지만… 최소 오백명에 달하는 무인들이 목숨을 잃을 수도 있습니다."

"오백명이라……."

한명을 위해 오백명을 희생한다는 것은 말도 안 되는 일이었다.

하지만 그 한명이 무신이라면 이야기는 달라진다.

"무신을 위해."

자그마한 운현의 읊조림에 무인들이 결연한 모습으로 주먹을 쥐었다.

"무신을 위해."

"무신을 위해."

"무신을 위해."

하나의 울림은 곧 전체의 울림이 되었고, 이를 지켜보던 백서문은 일이 잘못 돌아가고 있음을 느꼈다.

'아무래도 좋지 않군.'

광암과 혁우린, 팽도천, 도원등의 고수들이 백서문을 향해 신형을 돌렸다.

그들은 자신의 무기를 손에 쥐었고, 언제들 뛰어들 준비를 했다.

"개같은."

백서문이 신형을 돌려 태산의 수림 속으로 도망쳤다.

그와 동시에 광암을 포함한 여러명의 고수들이 땅을 박차며 뛰어올랐고, 뒤이어 이천여명의 무인들이 사방으로 신형을 날렸다.

쿠우우웅—!

백서문의 말은 사실이었는지 무인들이 움직이는 순간 땅이 무너져 내렸고, 수많은 무인들이 땅을 딛지 못하고 무너지는 땅속으로 빨려들어갔다.

그럼에도 수많은 고수들이 무너지는 대지를 벗어났다. 그들은 약속이라도 한 듯 일제히 태산을 향해 달려갔다.

* * *

다그닥— 다그닥.

상단물을 실은 소들이 상인들의 손길에 이끌려 가고 있었다. 말을 탄 운남 표국의 표국주 운양원이 주변을 살핀 후 자신의 뒤에서 두마리의 말이 움직이는 이두 마차를 바라봤다.

그곳에는 자신의 어여쁜 딸인 운유린과 함께 한 여인이 타고 있었다.

"이제 곧 산동이란다."

바깥에서 들려오는 운양원의 목소리에 마차에 타고 있던

운유린이 자신의 앞에 앉아 있는 적갈색 머리카락의 여인을 바라보며 말했다.

"이제 곧 산동이에요. 몸은 이제 괜찮으신가요?"

"응. 고마워 덕분에 올 수 있었어."

"아니에요. 하소저가 저흴 도와주셨던 것에 비하면 이 정도는 아무것도 아닌걸요. 그런데… 괜찮으신 건가요? 백서문이라는 사람은 매우 위험한 사람이라던데…….."

"걱정마."

단서연은 자신을 바라보며 걱정 어린 표정을 짓고 있는 운유린을 보며 옅은 미소를 지었다.

운이 좋았다. 두불산을 거의 기다시피하며 벗어난 단서연은 이주일은 족히 쉬어야 할 정도로 몸 상태가 엉망이었다.

쉼 없이 내력을 쏟아 부은 탓에 기혈이 꼬였고, 근육은 제멋대로 날뛰며 경련을 일으켰다.

그러던 중 한 무리의 표국이 단서연의 근처를 지나가게 되었고, 단서연을 알아본 자그마한 여인이 짤막한 비명과 함께 단서연을 향해 달려왔다.

'하소저?'

단서연에게 다가온 여인의 정체는 바로 과거 무연과 단서연에게 도움을 받았던 운남 표국이었다.

그들은 청해를 거쳐 상단물을 옮기는 긴 일정의 표행길에 올랐고, 성공적인 표행을 마친 후 표국으로 돌아가는 길이었다.

 '이런… 하소저의 상태가 안 좋아요! 당장 의원으로…….'

 '괜…찮아. 그것보다 한가지 부탁이… 있어.'

 '부탁이요?'

 가까스로 정신을 차린 단서연은 무연에 대해 물었지만 운유린은 무연에 대한 것은 알지 못하는 듯 고개를 가로저었다. 그때 뭔가를 떠올린 운유린이 단서연을 향해 혹시나 하는 마음으로 조심스럽게 물었다.

 '혹시… 벽보와 관련 있는 일인가요?'

 '벽보?'

 '사실 중원 이곳저곳에 이상한 벽보가 붙었어요. 무신을 찾는다는 벽보였는데… 산동에 위치한 태산으로 무신을 부르는 듯한 벽보였어요.'

 '산동의 태산?'

 '네. 그랬던 것 같아요.'

 덥석―

 힘겹게 신형을 일으킨 단서연이 운유린의 가녀린 양쪽 어깨를 부여잡은 채 간절한 목소리로 부탁했다.

 '나를… 산동에 데려다 줘.'

 운명이었을까. 아니면 인연이었을까.

 우연찮게 만난 운남 표국의 도움으로 산동에 도착한 단서연은 자신을 도와준 운유린과 운남 표국의 사람들을 향

해 가볍게 목례했다.

"고마워. 덕분에 올 수 있었어."

"아니에요."

"이젠 표국으로 돌아가 무슨 일이 벌어질지 모르니까."

무슨 일이 벌어질지 모른다는 불길한 단서연의 말에 운유린의 얼굴이 한층 더 어두워졌다.

"하소저는 괜찮으신 건가요?"

"나는 괜찮아."

불안해 하는 운유린의 머리를 부드럽게 쓰다듬어준 단서연은 등을 돌려 산동에 위치한 태산을 바라봤다. 웅장한 크기만큼이나 태산의 정상엔 운무가 깔려 있었다.

"그리고……."

"네?"

"내 이름은 하명이 아니라. 단서연이야."

"단…서연."

단서연의 본명을 알게 된 운유린이 어두워진 얼굴 사이로 미소를 띠었다.

"다음에 운남 표국에 들려주세요. 그땐 제대로 대접해드릴게요."

"응 알았어."

멀어지는 운남 표국을 뒤로 한 채 단서연은 태산을 향해 걷고 또 걷다가 이내 달리기 시작했다. 불어오는 바람에 앞머리가 시야를 가리자 단서연은 품에 넣어놨던 붉은 머리 장신구를 꺼내 머리카락에 꽂았다.

엉망이 된 몸에서 여전히 눈살이 찌푸려질 정도의 고통이 느껴졌지만 운유린의 정성어린 보살핌 덕에 운신에는 크게 지장이 없었다.

태산으로 똑바로 달려가던 단서연은 이상한 것을 발견할 수 있었다. 그것은 바로 태산의 초입부근에 생긴 거대한 구덩이였다.

"이건 뭐지……?"

구덩이로 다가간 단서연은 그곳에서 사람들의 신음소리가 들려오고 있음을 깨달았다.

놀란 단서연이 구덩이를 향해 바짝 다가갔다. 그곳엔 구덩이 밖에 서 있는 사람들이 분주히 움직이고 있었는데 울음이 섞인 신음소리가 점점 더 크게 들려왔다.

"무슨 일이지?"

밧줄을 엮어 구덩이 아래에 내려주던 젊은 여 무인이 단서연의 목소리에 신형을 돌렸다.

"백서문의 계략에 당했어요. 몇몇 실력 있는 무인들은 바닥이 무너지기 전에 빠져나와 백서문을 쫓고 있지만, 그렇지 못한 무인들 대부분이 무너진 땅속에 빨려들어가고 말았어요."

가슴에 두마리의 용이 새겨진 특이한 무복을 입은 여인이 단서연을 향해 입술을 깨물며 상황을 설명했다.

하지만 지금 단서연에게 중요한 것은 무연이었다.

"무연은?"

"무연… 무명을 말하는 건가요?"

"그래. 무명은 어떻게 됐지?"

"태산의 정상으로 올라갔어요. 백서문을 만나러 올라간 건데… 아무래도 일이 잘못된 것 같아요. 천지를 뒤흔드는 굉음이 들려온 이후로 아무 소리도 들리지 않아요."

뭔가 잘못되었음을 깨달은 단서연의 시선이 태산의 정상으로 향했다.

그녀는 정상을 향해 달려가려 했지만, 땅속에서 들려오는 무인들의 신음소리가 단서연의 발목을 잡았다.

"얼마나… 갇힌 거지?"

"대충 팔백여명의 무인들이 갇혔어요. 무너진 토사물에 깔려 있기에 얼마나 버틸 수 있을지는 모르겠지만…….."

입술을 깨문 단서연의 입가에 피가 흘렀다.

마음 같아선 무연을 향해 달려가고 싶었지만, 무인들의 신음소리와 죽어가는 무인들의 모습이 단서연을 움직일 수 없게 만들었다.

할 수 없이 구덩이로 신형을 돌린 단서연이 쌍룡문의 문주가 된 이령을 향해 물었다.

"무인들을 어떻게 꺼낼 생각이야?"

"일단 겉으로 드러난 무인들은 밧줄로 꺼내고 있고, 땅속에 묻힌 무인들은……."

따로 방법이 없었다. 무거운 토사물에 깔렸기에 토사물의 중압감에 목숨을 잃었을 가능성이 컸다.

그들을 위해 토사물을 파내려 해도 깊이가 너무 깊어 함부로 시도조차 할 수가 없었다.

그때 이령이 단서연을 향해 손을 내밀었다.

"여긴 저희에게 맡겨요."

"뭐라고?"

"이곳은 남아 있는 저희가 어떻게든 해볼게요. 그러니까, 무명… 아니 무연을 부탁해요."

이령의 눈동자와 단서연의 눈이 서로를 마주했다.

긴 대화는 없었지만 서로의 마음을 읽을 수 있었다.

"미안."

"미안해하지 마세요. 당신의 일이 더욱 중요해요."

죽어가는 무인들을 뒤로 한 채 단서연이 몸을 돌렸다.

마음을 다잡은 단서연의 신형은 엄청난 속도로 태산을 가로지르기 시작했다.

네 번째와 다섯 번째 걸음

'흠 설마 거길 박차고 나올 줄이야.'

백서문은 자신의 함정을 박차고 나온 여러 무리의 고수들을 떠올리며 인상을 팍 구겼다.

현재도 그의 등 뒤에선 진득한 살의를 가진 여러명의 고수들이 백서문을 쫓고 있었다.

'어쩔 수 없지.'

사실 백서문이 이천명에 다다르는 중원의 무인들을 한데 모은 이유는 간단했다.

무연 하나를 상대하는 것도 힘겨운데 중원에 존재하는 대부분의 문파들을 도발할 이유는 그들을 한데 모으기 위해서였고, 단명우와 자신이 꿈꾸는 세상을 만들기 위한 초석을 다지기 위함이었다.

"시작하라!"

수림을 헤치며 달려간 백서문은 태산의 중턱에 위치한 커다란 마을로 들어서며 외쳤고, 그의 외침에 백색의 무복을 입은 무인들이 분주히 움직이기 시작했다.

뒤이어 광암을 선두로 한 무림의 고수들이 백서문을 쫓아 태산의 중턱으로 달려왔다.

"태산에 이런 곳이……?"

태산에 마을이 있음을 처음 알게 된 광암은 마을의 중심부에 위치한 커다란 건물로 백서문이 들어가고 있음을 발견했다.

"백서문!"

천둥과 같은 광암의 외침성이 마을을 쩌렁쩌렁하게 울렸다. 달려가는 광암의 신형은 마치 바람과 같았고, 그의 뒤로 혁우린, 제갈윤, 팽도천, 도원, 강노해 등등의 고수들이 뒤따랐다.

그들을 따라 마을을 향해 달려가려던 운현은 자신의 소맷자락을 붙잡는 백아연을 향해 고개를 돌렸다.

"백소저?"

의아해하는 운현을 향해 백아연이 자신의 고운 손가락을 들어올렸다.

"이상해요."

운현과 백아연이 제자리에 멈춰 서자 그들을 따라가던 용천각원들과 남궁청, 화설, 화설중, 모용현이 제자리에 멈춰 섰다.

"뭐가 이상하다는 거야?"

가장 늦게 달려온 백하언이 백아연을 향해 묻자 그녀가 중지 손가락을 살짝 움직이며 자신에 의해 제자리에 멈춰 서야 했던 무인들을 돌아보았다.

"사실 백서문이 저희 앞에 모습을 드러냈을 때 그의 옷자락에 은사를 달아뒀어요. 그런데 백서문의 위치가 마을이 아닌 전혀 엉뚱한 곳을 향하고 있어요."

"방금 봤잖아. 백서문이 마을로 들어간 것을?"

"그렇긴 한데… 뭔가 이상해요."

망설이는 백아연을 향해 운현이 다가갔다.

"틀린 말은 아니에요. 백서문이 스스로를 가둘 수 있는 곳에 들어갔을 리 없어요. 물론 함정이 있을 가능성이 있지만, 이미 그곳엔 광암님과 뛰어난 실력을 가진 고수들이 들어갔어요."

말을 마친 운현이 자신의 주변에서 망설이며 서 있는 무인들을 향해 말했다.

"우린 백소저의 말을 믿어 봐요. 어쩌면 백서문의 눈속임일 수도 있으니."

"그래."

이어지는 운현의 말이 끝나기가 무섭게 남궁청과 화설중이 고개를 끄덕이며 운현의 말에 동의했다. 그러자 나머지

무인들도 운현에 말에 동의하는 듯 고개를 끄덕였고, 의견
이 합쳐지자 백아연이 선두로 달려갔다.

"제가 먼저 갈게요!"

앞서가는 백아연을 따라 일련의 무인들이 백서문의 뒤를
쫓아 달렸다.

*　　*　　*

"비켜주면 안 되겠소?"

마을의 중심부에 위치한 높게 솟은 건물 그곳의 입구는
단 하나였다.

창문도 존재하지 않는 건물에 들어가기 위해서는 건물과
바깥을 연결하는 단 하나의 문을 통해 들어가야 했다.

하지만 우습게도 광암과 고수들의 앞을 막아선 것은 백
서문의 부하들이 아닌 마을의 주민들이었다.

주민들은 결사항쟁을 각오한 전쟁터의 군사들처럼 팔과
팔을 엮어 광암과 무인들의 앞길을 막아섰다.

"절대 보내 줄 수 없소!"

"그 건물에 들어간 자가 누구인지 알고나 하는 말이
오!?"

답답해진 강노해가 앞으로 나서며 소리치자 마을의 가장
웃어른으로 보이는 노인이 몸을 부들부들 떨며 소리쳤다.

"그건 우리가 알바 아니오! 이분은 우리의 은인이오. 빈
민가에 태어나 하루하루 힘겹게 살아가는 우리를 이곳 태

산으로 불러들여 인간답게 살 수 있게 해준 분이요. 우리 모두를 살려주신 은혜로운 분이란 말이오! 댁들이 누구든… 우리의 은인이 과거에 어떤 사람이었던 우린 상관없소. 그분은 틀림없는 우리의 은인이니까!"

노인이 고함쳤다. 그의 말은 사실이었는지 마을의 주민들은 결연한 모습으로 무인들을 막아섰다.

만약 싸움이 벌어지면 마을 주민들은 무림의 고수들에 의해 눈 깜짝할 사이에 죽임을 당하게 분명했다.

이는 마을 주민들도 잘 알고 있는 사실이었다.

그러나 주민들은 한발자국도 움직이지 않았다.

자신들의 은인인 백서문을 지키기 위해서였다.

"제기랄……!"

광암은 백서문의 간악한 수에 치가 떨렸다.

이런 상황을 대비하여 빈민가의 마을 주민들을 불러들였고, 그들을 배불리 먹임으로써 자신을 은인으로 섬기게 하였다. 즉, 무고한 사람들을 이용해 자신을 보호하려는 속셈인 것이다.

"그는 무림에 재앙을 불러들인 자입니다. 그 때문에 죽은 사람이 셀 수 없이 많으며……."

"우리의 은인이 과거에 어떤 짓을 했는지… 어떤 자였는지 우리는 관심 없소. 그대들 중 누가 우릴 생각해주셨소? 중원의 변두리에 위치한 우리들을 당신들은 생각이나 해보셨소? 당신들 무인들은 자신의 내일만을 생각하지… 우리 같은 자들이 굶어죽든 배고픔에 서로를 죽이든 상관이나 했냔 말이오!"

 울먹거리는 노인의 외침에 무인들은 아무 대답도 할 수
없었다. 노인의 말이 사실이었다.

 중원의 칠할을 차지하고 있었던 무림맹은 빈민가를 돌볼
만큼 자애로운 단체가 아니었다. 아니, 애초에 그들의 존
재는 신경도 쓰지 않았다는 게 사실이었다.

 "하지만 이분은 다르셨소! 우리를 위해 손수 자신의 곳
간을 열었고, 우리를 위해 집을 만들어주셨고, 우리를 위
해 헌신하셨소! 당신들과는 달리 우리를 사람답게 살게 해
주셨단 말이오!"

 자신들의 앞을 가로막은 주민들을 향해 보다 못한 혁우
린이 나섰다.

 "백서문에게 시간을 주면 안 되오. 그가 이곳으로 온 이
유가 있을 거요."

 "혁대협의 말이 맞소. 이대로 시간을 두면 안 되오. 그러
니 시간은 좀 걸릴지 모르겠으나 주민들을 제압하는 수밖
에 없소."

 "무고한 주민들을 상대로 힘을 쓰잔 말이오?"

 "어쩔 수 없지 않은가?"

 무인들의 의견이 갈렸다. 강경하게 주민들을 제압하자
는 무인들과 무고한 자들에게 힘을 쓰면 안 된다는 무인들
의 의견이 설전으로 이어지려는 순간 두명의 사내가 무인
들을 밀치고 앞으로 나아갔다. 그 두명의 사내는 망설임
없이 나아가 주민들의 앞에 섰다.

"비켜라."

곰과 같은 덩치를 가진 사내가 싸늘한 목소리로 말하자 노인이 몸을 부르르 떨었다.

본능에 의한 두려움 때문이다.

"그, 그럴 수 없소."

"너희가 백서문을 어떻게 생각하든 내 알 바 아니다. 하지만 그놈을 살려두면 더 많은 무고한 사람들이 죽임을 당하겠지."

"그래도 우리의 은인을……."

"은인이고 뭐고 내가 알 바 아니라고. 비켜 당장."

노인의 앞에 선 담백은 거침없었다.

그는 마교인답게 우악스러운 손길로 노인과 주민들을 양쪽으로 내던졌고, 무공도 모르는 일반인이 담백의 힘을 당해낼 수 있을 리가 없었다.

힘없이 날아간 주민들은 다시 문을 막으려 신형을 던지려 했지만, 설영이 꺼내든 편검이 땅바닥을 날카롭게 베며 경계선을 만드는 바람에 주민들은 함부로 움직일 수가 없었다.

"이… 이 악독한 놈들!"

노인의 외침에 담백이 크게 웃었다.

"하하하! 잘 알고 있네. 나는 나쁜 놈이 맞아."

담백은 자신들을 향한 주민들의 날선 비난을 아무렇지도 않게 받아들였다. 그는 태어날 적부터 마교인이었고, 지금도 마교를 대표하는 무인이었다.

솥뚜껑만 한 주먹을 어깨 높이로 들어올린 담백은 자신의 앞을 막고 있는 건물의 입구를 한주먹에 박살냈다.

꽤나 두껍게 만들어진 철문이었지만 분노가 담긴 담백의 주먹을 막아내기엔 역부족이었다.

"음?"

건물의 입구를 박살낸 담백의 눈이 저절로 커졌다.

"허. 참."

"아… 안 된다… 안 된다, 이놈들아!"

마을 주민들이 눈물을 흘리며 건물 안에 쓰러져 있는 남자를 향해 다가갔다.

그는 백서문과 같은 옷과 같은 가면을 쓰고 있었는데 가슴에 커다란 상처를 지닌 채 바닥에 널브러져 있었다.

"이 살인마! 이 극악무도한 놈들아!"

주민들은 가쁜 숨을 토해내는 남자를 붙들고 눈물을 흘렸지만, 그들의 간절한 바람과는 달리 남자는 얼마 가지 않아 숨을 멈추었다.

이 모습에 주민들이 더욱 오열하며 무인들을 향해 붉게 충혈 된 눈으로 소리 질렀다.

"네놈들이 살인마가 아니면 무엇이냐! 네놈들 때문에… 네놈들이!"

오열하고 있는 주민들을 뒤로한 채 설영이 등을 돌렸다.

"백서문이 아니다. 백서문으로 위장한 녀석일 뿐이야."

"설마 죽인 거요?"

도원의 물음에 설영이 고개를 저었다.

"담백 때문에 죽은게 아니야. 상처 부위를 봤을 때 스스로 자해를 한 것 같더군. 백서문이 우릴 상대로 함정을 파놓은 거야."

무인들이 설영의 설명을 듣고 있을 무렵 마을 주민 중 한 명이 숨을 컥컥거리더니 이내 핏덩이를 토해내기 시작했다.

"왜… 왜 그러는가 자네?"

"이, 이보게!"

"커… 커컥!"

검붉은 핏덩이를 토해낸 남자는 바닥에 쓰러져 사시나무 떨 듯 몸을 떨었고, 이내 그의 떨림이 멈추었다.

"홍… 홍진… 자네 괜찮은가?"

주민들 중 한명이 쓰러진 남자의 어깨를 붙잡아 흔들어봤지만, 숨을 거둔 남자의 몸은 더 이상 움직이지 않았다. 홍진이라는 남자가 목숨을 잃자 주민들이 무인들에게서 뒷걸음질하기 시작했다.

"이, 이 사악한 놈들이 자신들의 실수를 덮고자 우릴 독살하려는 거야!"

"아아! 도, 도망쳐야 해!"

무인들은 지금 이 상황이 이해되지 않았다.

홍진이라는 남자는 갑자기 쓰러져 목숨을 잃었는데 그 사인이 아무래도 독 때문인 것 같았다. 하지만 무인들 중 그 누구도 독을 사용하지 않았다. 그도 그럴 것이 주민들을 상대로 독을 사용할 이유가 없었기 때문이다.

무인들로부터 도망치던 주민들 중 일부는 독에 중독된 듯 홍진이라는 남자와 같은 증세를 보이며 쓰러졌고, 설영이 쓰러진 주민들에게 다가가 그들의 상태를 살폈다.

"뭐야 어떻게 된거야?"

담백의 물음에 설영이 죽임을 당한 남자의 입가와 눈 그리고 혈색 등을 살피며 말했다.

"독이다. 극독은 아니야 하지만 이 사람들은 소량의 독을 꾸준히 섭취해온 것 같은데. 아무래도 백서문은 이곳 주민들을 서서히 죽게 만들고 있던 모양이야."

"개같은 새끼. 꼭 지같은 짓만 골라서 하는군!"

"그렇담 이곳 주민들 전체가 독에 중독되었단 말인가?"

놀란 제갈윤이 설영에게 다가가 물었고, 설영은 냉철한 얼굴로 자리에서 일어났다.

"어쩌면."

"왜 이런 짓을… 아!"

도망치며 죽어가는 주민들의 모습을 지켜볼 수밖에 없었던 제갈윤은 그제야 백서문의 생각을 알아차렸다.

'피신처를 만들기 위해서 이곳을 지은게 아니었다. 그놈은 애초부터 이럴 생각이었어.'

제갈윤이 몸을 파르르 떨었다.

백서문의 계획은 자신이 도망치는 동안 주민들이 무인들의 발목을 잡게 만들려는 것이 아니었다.

애초에 그는 주민들을 독살할 생각이었고, 빈민가의 주민들을 데려와 배불리 먹이는 척하며 치사량의 독을 천천

72

히 주입시킨 것이다.

　그 결과 주민들은 치사량이 넘어버린 독성에 의해 죽어
가는 중이었다. 물론 주민들을 그저 죽이기만을 위해 벌인
짓이 아니었다.

　"백서문이 왜 이런 짓을 벌인 거지?"

　광암의 물음에 제갈윤이 쥐고 있던 섭선을 부러뜨렸다.

　"이곳에 있는 주민들은 거의 다 빈민가에서 온 가난하고
불쌍한 자들입니다. 그런 자들이 저희 앞에서 죽임을 당했
다면 세상은 저희를 목적을 달성하기 위해 사람들을 죽음
으로 내몬 살인마라 생각할겁니다."

　"저들을 죽인 것은 백서문이잖소?"

　뒤에서 제갈윤의 말을 듣고 있던 강노해가 앞으로 튀어
나왔다.

　"그런데 왜 우리가?"

　"진실을 알고 있는 것은 우리뿐입니다. 세상은 진실을
보지 못하고 표면적인 것만 보고 믿을 겁니다."

　"백서문을 두고 우릴 의심한단 말인가!?"

　"백서문의 일은 무인간의 일이지 일반 범인들의 일이 아
닙니다. 그들에게 중요한 것은 죽어간 빈민가의 불쌍한 주
민들이 누구 앞에서… 죽었냐입니다. 아무래도 백서문이
노리는 것은… 특정한 무인들이 아니라… 무인 전체일지
도 모릅니다."

　"허허……."

　마을에 모여 있는 모든 무인들은 지금의 상황이 얼마나

심각한 것인지 깨닫게 되었다.

중원을 구성하고 있는 인간들의 대부분은 무공을 배운 무인들이 아니라 범인들이었다.

무인들이 살아가는 터전과 입는 옷, 먹는 음식, 아플 때 섭취하는 약.

모든 생활의 중심엔 일반 주민들이 있었다. 힘은 무인들의 것일지도 모르나, 중원은 무인들의 것이 아니었다.

'백서문… 네놈은 무인들의 세계를 만드는 것이 아니라 무인들이 존재하지 않는 세상을 원하는 것이로구나.'

너무 늦게 백서문의 계획을 알아차린 제갈윤은 어두워진 얼굴로 무인들을 돌아보았다.

"지금 독에 중독된 마을 주민들을 어떻게든 살려야 합니다."

"무슨 수로?"

"독을 빼내야지요. 시간이 얼마나 있을지 모릅니다. 보아하니 사람마다 독이 효과를 보이는 시기가 다른 것 같으니 살아 있는 사람들이라도 살려야 합니다."

"하지만 그렇게 되면 백서문을 놓칠 수도 있어!"

"지금 중요한 것은… 저희가 외면했던 사람들을…….."

제갈윤이 도망치는 주민들을 향해 달려가며 말했다.

"한명이라도 살리는 것입니다."

* * *

"흠… 지금쯤이면 시작했겠군."

백서문은 점점 기울어가는 태양을 바라보며 중얼거렸다. 이천여명의 무인들 중 팔백여명의 무인들을 땅속에 묻어버리는 데에 성공했다.

물론 대부분의 무인들이 실력이 낮은 무인들이었지만, 그것만으로도 꽤나 큰 성과라 할 수 있었다.

게다가 눈엣가시였던 단명우와 무연을 동시에 묻어버렸으니 이제 남은 것은 이곳에서 빠져나가는 일이었다.

"오셨습니까?"

오십여명의 무인들이 백서문이 오길 기다렸다.

그들은 미리 준비해둔 마차를 가져왔고, 백서문은 그들을 보며 만족스러운 미소를 지었다.

"고생했다. 이제 돌아가자꾸나. 이곳에서 볼일은……."

"백서문!"

마차의 문을 열고 들어가려던 백서문의 발걸음이 우뚝 멈추어 섰다.

그의 등 뒤에서 낯익은 목소리가 들려온 것이다.

"운현."

마차의 입구를 닫고 돌아선 백서문이 동료들과 함께 나타난 운현을 흥미롭게 바라봤다.

"다른 놈들은 내 그림자도 쫓지 못했건만 나를 어떻게 쫓아온 거지?"

양손을 벌린 채 궁금해 하는 백서문을 향해 백아연이 손가락을 들어보였다.

"아아… 은사로군. 기특하구나. 역시 내 손녀딸이야 은사를 내게 달아놓다니 말이야."

"당신은 어디로든지 도망칠 수 있을 거라 생각했어요. 때문에 보통의 은사보다 몇 십배는 긴 은사를 준비해뒀죠."

"역시 너는 매우 똑똑한 아이야. 하지만… 네 똑똑함이 친구들을 죽음으로 이끌었구나."

백아연의 앞으로 오십여명의 무인들이 검을 뽑아들며 모습을 드러냈다.

그들의 몸에서 흘러나오는 기세가 만만치 않자 장혁이 위지천의 옆구리를 툭툭 찔렀다.

"보통이 아닌 것 같은데요?"

"맞아."

항상 여유롭던 위지천의 얼굴이 딱딱하게 굳어 있자 장혁은 저도 모르게 마른침을 꿀꺽 삼켰다.

위치전이 이처럼 긴장하고 있을 경우는 딱 하나였다.

상대의 실력이 보통이 아니었을 때.

"아쉽구나. 차라리 광암 정도는 데려왔다면 네놈들에게도 승산이 있었을 테지. 그럼 잘 죽거라."

말을 마친 백서문이 마차에 올라탔고, 백서문을 태운 마차는 빠른 속도로 산을 내려가기 시작했다.

이를 운현이 막아보려 했지만, 그들의 앞을 막고 선 오십명의 무인들은 노골적인 살의를 드러내며 운현 일행을 막아섰다.

"싸울 수밖에 없군."

"이길 수 있을까요?"

"이겨야지."

제일 먼저 앞으로 나선 것은 운현과 남궁청, 화설중, 이범이었다. 그들은 자신들을 향해 서서히 거리를 좁혀오는 오십 명의 무인들을 향해 검을 들어올렸다.

그때 남궁청이 운현을 향해 말했다.

"우리가 상대할 테니 너는 백소저와 함께 백서문을 쫓아."

"전부 상대하기 위해서는……."

"우릴 믿어. 그리고 백서문을 놓치면 언제 다시 만날 수 있을지 몰라. 그러니까 어서!"

"알았어."

절대로 백서문을 놓쳐선 안 됐기에 운현이 백아연과 함께 마차가 달려간 곳을 향해 신형을 날렸다.

이를 오십 명의 백색 무인들이 막아보려 했지만, 어느새 자리를 잡고 선 용천각원과 남궁청 일행이 그들을 막아섰다.

"당신들 상대는 우리야."

"어리석긴, 너희들만으로 우릴 이길 수 없다. 그런데도 인원을 줄이다니."

"길고 짧은건 대봐야 아는 거야!"

장혁이 버럭 성을 냈다. 그러자 얼굴을 굳히고 있던 위지천이 피식 웃었다.

"맞는 말이야."

창대를 어깨에 둘러멘 위지천이 목을 좌우로 꺾으며 미소 지었다.

"긴 창인지 짧은 창인지는 대봐야 아는 거지."

오십명에 달하는 백서문의 부하들을 상대로 7명의 용천각원과 남궁청, 화설중, 화설, 모용현이 자신들의 무기를 꺼내들고 기운을 끌어올렸다.

누가 승리할지는 아무도 알 수 없었다.

다만, 서로의 소중한 것을 지키기 위해 무인들은 태산의 중턱에서 서로를 향해 달려들었다.

다그닥— 다그닥!

"주인님 운현과 백아연으로 보이는 자 두명이 마차를 향해 빠른 속도로 다가오고 있습니다. 어떻게 할까요?"

"나머지는?"

"현재 오십명의 백의군과 싸우고 있는 중인 것 같습니다."

"하아… 정말 귀찮게 하는군. 마차를 세우거라."

"예."

백서문을 태우고 있던 이두마차가 제자리에 멈춰 서자 이를 뒤쫓던 운현과 백아연의 신형이 마차의 근처에서 멈춰 섰다.

"정말로 귀찮게 하는구나. 운현… 청성파의 무인들과 청성자가 자신들의 목숨을 희생해서 살려준 목숨이면 내 손

녀와 함께 외딴 곳에서 평온한 여생이나 보낼 것이지 왜 명을 재촉하는 게냐?"

"끝을 내기 위해서지."

"끝? 하하하! 건방진 놈. 나는 끝이 아니라 새로운 시작이다. 하긴 네놈처럼 무지몽매한 녀석이 날 이해할 수 있을 리가 없지."

다른 말은 할 필요도 없다는 듯 운현은 검을 들어올렸다. 청월유성검이 가지는 특유의 푸른색 기운이 운현의 검신을 휘어 감았고, 그의 뒤에선 백아연이 은사를 사방으로 펼쳤다.

'끝⋯⋯.'

악몽.

끝도 없이 백아연을 괴롭혀 온 악몽의 주인이 지금 그녀의 앞에 서 있다. 오연한 모습으로 자신의 잘못 따위는 모르는 듯 당당하게. 사방으로 펼쳐진 은사는 은밀하게 움직이며 주변을 장악했다.

"자 오거라. 끝을 내보겠다 하지 않았느냐?"

"그래!"

운현이 땅을 박차며 백서문을 향해 쇄도했다.

그의 검은 푸른 잔상을 길게 남겼고, 바람처럼 움직인 운현의 신형은 백서문의 앞에 당도하는 순간 우뚝 멈추어 섰다.

'흠.'

사선을 그리며 베어온 운현의 검이 백서문의 턱을 노렸

다. 매우 간결하고 빠른 베기였다.

"송월의 제자라 그런지 한 재간 하는구나."

까앙—!

묵직한 쇳소리와 함께 운현의 검신이 땅에 푸욱 박혔다. 어깨가 빠질 듯한 중압감에 운현이 눈을 크게 치켜떴다.

'이 정도라고?'

백서문의 무공 수준이 광암과 비슷할 거라 예상은 했지만, 직접 마주한 백서문의 검은 매우 강했고, 무거웠다.

반원을 그리며 가슴을 찔러오는 백서문의 검을 간신히 피해낸 운현은 땅을 구르며 검 손잡이를 고쳐 쥐었다.

"왜 놀랬느냐. 생각보다 내 검이 무겁지 안 그러냐?"

'저자의 혀놀림에 넘어가선 안 된다.'

백서문의 혀는 뱀과 같아서 사람을 현혹시킨다는 것을 무연에게 들어 익히 알고 있었던 운현은 귓가를 간지럽히는 백서문의 목소리를 애써 무시하며 허리 높이로 검을 들어올렸다. 다시 한번 운현의 기세가 날카로운 칼날처럼 벼려지자 백서문은 진득하게 웃었다.

"크흐흐 좋다 좋아. 더욱 날뛰어 봐라."

청월유성검(淸月流星劍) 청운(靑雲).

빠른 속도로 찔러오는 운현의 검을 백서문이 검신으로 튕겨냈다. 하지만 강한 회전력을 머금은 운현의 검은 둥글게 회전하며 검기를 흩뿌렸고, 푸른색의 운기(雲氣)가 백서문의 검신을 위쪽으로 튕겨냈다.

"호오?"

생각보다 예리하게 파고드는 운현의 검을 보며 백서문이 히죽거리며 감탄했다.

그 순간 열 개의 은사가 백서문의 양 손목을 잡아챘다.

호시탐탐 기회를 엿보던 백아연이 백서문의 빈틈을 파고든 것이다.

"영리하구나 아연아."

"그 입으로 제 이름을 부르지 마세요."

백서문의 양팔이 백아연에 의해 붙잡히자 운현은 망설임 없이 검끝을 세워 백서문의 가슴을 향해 찔러넣었다.

푸욱─!

"큭!"

한쪽 무릎을 꿇으며 어깨를 감싸 쥔 운현이 뒷걸음질했다. 그의 왼쪽 어깨는 깊게 베여 있었는데 백서문의 백색 검이 운현의 어깨를 내리찍은 것이다.

만약 운현이 조금만 늦게 반응했거나 백아연이 은사에 힘을 주지 못했다면 운현은 외팔이 검사가 되었을 것이다.

"어떻게?"

이해 안 된다는 듯한 표정을 짓고 있는 백아연을 향해 백서문이 어깨를 으쓱했다.

"글쎄 어떻게 했을까? 너는 영리하니 알아맞혀 보거라."

은사를 양 손가락에 걸고 있던 백아연은 도무지 이해가 되질 않았다. 그녀가 펼친 은사는 백서문의 양 손목을 꼼꼼히 감싸 붙잡고 있었다. 그런데 백서문은 백아연의 은사에 아무런 방해도 받지 않고 운현의 어깨를 베었다.

'왜 힘이 들어가질 않는 거지?'

그랬다. 무려 열개의 은사가 백서문을 붙잡고 있었지만 은사엔 힘이 들어가지 않았고, 덕분에 자유로워진 백서문은 방해 없이 운현을 벨 수 있었다.

투두둑―!

핏물이 끊임없이 흘러내렸기에 운현은 오른손으로 왼쪽 어깨를 지혈했다.

하지만 깊게 파고든 백서문의 검신은 근육을 베고 뼈를 건드렸기에 운현은 왼쪽 팔을 움직일 수가 없었다.

'이대로 물러설 수 없어. 이곳에서 백서문을 죽인다!'

이번에도 놓치면 또 어떤 비극이 찾아올지 몰랐다.

백서문에게 겨우 반년을 줬을 뿐인데 무려 팔백여명의 무인들이 함정에 빠졌고, 정상으로 올라간 무연에게선 아무런 소식도 전해지질 않았다.

'이토록 무서운 자를 더 이상은…….'

백서문은 이제껏 운현이 만난 어떠한 적들보다 무서웠다. 웬만한 무인들은 상대도 되지 않는 무공 실력을 갖추고 있었고, 인의(仁義)를 저버린 백서문의 계략은 무서우리만큼 치명적이고 치밀했다.

"후우우!"

오른팔을 들어올린 운현의 손엔 그의 검이 들려 있었고, 푸르스름한 기운이 운현의 검 끝에 모여들었다.

심상치 않은 기운들이 한곳에 소용돌이치며 모여들자 백서문의 얼굴엔 미소가 가득 피어났다.

'좋아. 잘한다 운현!'

엄청난 기운을 끌어 모으고 있는 운현의 뒤에서 그를 지켜보던 백아연은 운현이 힘을 끌어올릴 때마다 웃음을 감추지 못하고 있는 백서문의 모습을 보며 의아함을 느꼈다.

'왜 웃는 거지?'

운현이 끌어올린 기운은 천하의 백서문도 긴장해야 할 만큼 강했다.

그럼에도 백서문은 오히려 좋아했다. 마치 운현의 힘이 강할수록 자신에게 좋다는 듯…….

"아……!"

백아연의 커다란 눈이 더할 나위 없이 커졌다. 백서문이 웃는 이유를 드디어 알아차린 것이다.

"운공자 안 돼요!"

"늦었다!"

검 끝에 모인 하나의 푸른 점이 백서문을 향해 찔러들어갔다. 둥글게 모인 검환(劍環)이었다.

대기를 찢어발기며 나아간 푸른색의 검환을 향해 백서문이 자신의 검을 찔러넣었다.

그 순간 믿을 수 없는 일이 벌어졌다.

운현이 날려 보낸 푸른 검환이 백서문의 검 끝에 닿는 순간 빨려들어가기 시작한 것이다.

"설마!"

"단명우로부터 사술을 배웠고……."

스르르륵!

푸른색의 검환을 모조리 흡수한 백서문의 백검(白劍)이 강대한 기운을 머금어 빠르게 진동했다.

"만상에겐 흡기공을 배웠지."

백서문은 지체 없이 검을 휘둘렀다.

그러자 운현의 푸른 기운과 백서문의 백색 기운이 한데 혼합되어 기다란 검기의 형태를 띠었고, 이 기운은 운현을 향해 똑바로 날아들었다.

"안 돼!"

백아연이 양손을 교차시키며 열개의 손가락을 눈에 보이지 않을 정도로 빠르게 움직였다. 촘촘하게 짜인 은사는 운현의 몸을 휘어 감으며 밝은 백색빛을 내뿜었다.

꽈앙—!

지축을 울리는 폭발과 함께 운현의 신형이 흙먼지 사이로 튕겨져 나왔다.

"운현!"

여섯 번째 와 일곱 번째 걸음

"이놈들 놓아라! 이젠 우릴 전부 죽이려는 거로구나!"

마을 주민들은 서로를 끌어안고 두려움에 몸을 떨었다.

그도 그럴 것이 가족 같은 마을 주민들이 피를 토하며 죽어가고 있었으니 무인들을 두려워하는 게 당연했다.

"이대로 저희에게서 도망치시면 전부 죽습니다."

제갈윤의 간곡한 부탁에도 마을 주민들은 무인들의 손길을 피했다. 그들의 뇌리에 깊숙하게 박혀 있는 불신의 뿌리는 쉽게 뽑힐 기미가 보이질 않았다.

그때 가만히 서서 팔짱을 끼고 있던 담백이 다시 한번 나섰다. 그는 설영에게로 고개를 돌리며 물었다.

"그냥 뽑아내면 된다고?"

"몸속에 잠재된 독기를 뽑아내면 된다. 쉬운 일은 아니지만 불가능한 건 아니야."

"흐음 알겠다."

우악스러운 손길을 내미는 담백을 향해 마을 주민들은 손과 발을 아무렇게나 휘두르며 저항했다.

하지만 무공을 배운 무인들도 피할 수 없는 광암의 손길을 평범한 마을 주민들이 피할 수 있을 리 없었고, 그들은 맥없이 담백의 손에 붙들렸다.

"가만히 좀 있어."

마을 주민들 중 가장 어린 남아의 뒷덜미를 붙잡은 담백은 그의 등에 손을 대고 정신을 집중했다.

그러자 남아의 부모로 보이는 두명의 중년인이 담백의 몸에 매달려 소리쳤다.

"안 돼! 내 아들을 놔라!"

격렬하게 저항하는 두명의 중년인을 향해 설영이 다가갔다. 그는 손가락을 뻗어 그들의 뒷목을 꾸욱 눌렀는데 수혈을 짚인 두 중년인은 기절하듯 제자리에 쓰러졌다.

"이놈들이 사람을 죽인다!"

수혈에 대해 알 리가 없는 마을 주민들은 쓰러진 두명의 중년인을 보며 기겁했고, 설영은 그들에게 일일이 수혈에 대해 설명해줄 마음이 없는 듯 쓰러진 중년인들을 대충 자리에 앉혀 등에 손을 댔다.

정파 무인들도 쉽사리 나서지 못하는 일에 두명의 마교

88

인들이 손수 나서서 독기를 빼내는 작업을 시작하자 제갈윤이 그들에게 다가갔다.

"고맙소."

"고마워하기 전에 이들이나 치료하시오."

냉랭한 설영의 대답에 제갈윤은 나머지 무인들을 향해 손을 내밀었고, 정신을 차린 나머지 무인들도 마을 주민들을 한명씩 자리에 앉히며 독기를 빼내기 시작했다.

"식사량이 다르고 먹는 시기가 저마다 다르니 독이 몸에 끼치는 영향도 사람마다 다를 거다. 어떤 이는 한시진을 버티겠지만 어떤 이는 목숨이 경각에 달려 있을 수도 있다. 서두르는 편이 좋아."

"알았다."

담백에게 향한 설영의 말은 비단 그만을 위한 말이 아니었다. 마을 주민들의 몸에 깃든 독기를 빼내는 모든 무인들을 향하는 말이었다.

"광암님."

제갈윤은 나머지 무인들과 함께 독기를 빼내면서도 광암을 올려다보았고, 광암은 자신이 해야 할 일이 따로 있음을 알고 있는 듯 고개를 끄덕이며 도원과 함께 신형을 날렸다.

그들이 향한 곳은 언제부턴가 병장기들이 어지럽게 부딪치는 듯한 소리가 들려오는 곳이었다.

광암과 도원이 빠지고 혁우린과 강노해 등의 고수들은 가지고 있는 실력에 걸맞은 속도로 독기를 빼냈다.

"쿨럭!"

담백의 손길에 독기를 빼낸 남아는 검은색 핏덩이를 토해냈다.

이 모습을 지켜보던 마을 주민들은 피를 토하는 남아를 보며 기절할 듯이 소리쳤지만, 이내 아이의 혈색이 원상태로 돌아왔다.

"몸은 어떠냐?"

"괜…찮습니다."

무기력하고 온몸이 납덩이처럼 무겁게 느껴지던 소년은 몸이 한결 가벼워졌음을 느끼곤 저도 모르게 밝은 표정으로 담백을 올려다보았다.

원래의 혈색을 되찾은 남아를 내려다보던 담백은 과거 신강에서 만났던 우장이란 이름의 소년이 떠올랐다.

'잘 있나 모르겠군.'

소년을 치료하고 일어선 담백은 아직도 자신을 향해 겁에 질린 얼굴을 하고 있는 마을 주민들을 둘러보았다.

"상황을 설명할 시간이 없다. 살고 싶으면 당장 이쪽으로 와."

겁에 질려 있던 마을 주민들은 건강해진 소년과 담백을 번갈아 바라보다가 이내 서로 앞 다퉈 담백의 앞으로 달려왔다.

그들은 담백의 바짓가랑이를 붙잡고 자신도 살려달라고 애원했고, 담백은 주민들을 향해 손을 내밀었다.

"몸에 있는 독기를 빼내야 하니 한명씩 와. 그리고 가장

90

급한 사람부터 치료해야 하니까 잠깐 물러서라고."

보통의 사람들이라면 자신부터 치료해달라고 애원했을 테지만, 이곳 마을 주민들은 담백의 말을 순순히 따르며 뒤로 물러섰다.

가장 혈색이 어두운 사람부터 아직 뽀얀 혈색을 지닌 사람들 순으로 순서를 정렬한 담백은 목숨이 일각에 달린 사람들부터 독기를 빼내었다.

'그나마 다행이구나.'

사람의 몸에 깊숙이 깃든 독기를 빼내는 작업은 매우 고난이도의 작업이었다.

평범한 무인들은 엄두도 못 낼 일들이었지만 다행히 이곳에 모인 무인들은 대부분이 중원에서 한자리씩 하고 있는 이름난 고수들이었다. 작업은 빠르게 이루어졌고, 독에 중독된 이들 중 많은 수가 살아남을 수 있었다.

하지만 독기가 이미 온몸을 잠식한 사람들은 무인들이 손을 쓰기도 전에 피를 토하며 죽고 말았고, 마을 주민들의 삼분지 일이 손을 쓰기도 전에 목숨을 잃었다.

"고맙소… 헌데 왜 이런 일이 벌어진 게요?"

제갈윤에게 치료받은 남자가 고개를 숙이며 울먹이는 얼굴로 물었다.

그들로서는 이해할 수 없는 일이었다.

"이건……."

모든 진실을 알고 있던 제갈윤은 차마 마을 주민들에게 진실을 말해줄 수가 없었다. 태산에서 살아가는 마을 주민들은 결국 무인들의 이권다툼에 의해 목숨을 잃었다.

그들의 구원자는 살인마였고, 이들은 그 사실을 알지 못했다.

'그 누구에게도 구원받지 못한 이들에게… 진실을 말해야 하는 건가.'

갈등하던 제갈윤은 피가 나도록 주먹을 강하게 말아 쥔 뒤 천천히 입술을 뗐다.

"이곳 태산은 널따란 크기만큼이나 많은 독버섯과 독초의 군생지 중 한곳입니다. 아무래도 여러분이 드신 음식들에도 독초와 독버섯이 들어 있던 모양입니다. 독이 오랫동안 여러분의 몸에 쌓인 거죠."

"그럴 수가……."

"걱정 마십시오. 저희가 여러분을 지켜드리겠습니다."

"미안합니다. 우리는 그저 은인을 지키기 위해서……."

"괜찮습니다."

겉으로는 미소를 띠고 있었지만, 제갈윤은 자신에 대한 혐오감에 구역질이 났다. 결국 이 불쌍한 사람들은 자신들 때문에 죽임을 당한 것이다.

그들을 죽인 것은 백서문이었지만 빌미가 된 것은 자신들이었다.

그럼에도 진실을 말하지 못하는 자신이 역겨웠다.

'이게 무슨 정파인가… 이게 무슨 백도 무인이냔 말이야…….'

힘겨워하는 제갈윤을 향해 혁우린이 다가가 그의 어깨에

손을 얹었다.

"힘든 것을 알고 있지만 지금은 힘내주게 아직 우리가 살려야 하는 목숨이 많이 남아 있으니."

"알겠습니다."

혁우린의 말대로 아직 제갈윤과 무인들이 살려야 하는 목숨들이 많이 남아 있었다.

그들을 위해서라도 제갈윤은 자기 혐오감에 빠져 괴로워할 틈이 없었다.

"힘내야지요."

* * *

"큭!"

날카롭게 베어지는 검을 피해 뒤로 물러선 장현은 옅게 베여 피가 흐르는 오른팔을 내려다보았다.

팔꿈치를 타고 흘러내린 붉은 핏물은 손끝에 맺혀 바닥에 떨어져 내렸다.

"집중해."

"알겠어요."

장현과 장혁 그리고 위지천은 현재 아홉 명의 백의군을 상대하고 있었다.

그들은 개개인이 뛰어난 무공을 지녔고, 수년간 합을 맞춰온 듯 난전에도 강한 모습을 보였다.

그나마 다행인 것은 위지천이 아홉 명의 백의군 중 네 명을 홀로 상대하고 있었기에 장현과 장혁은 어느 정도 여유를 가질 수 있었다. 문제는 둘이서 남은 다섯명의 백의군을 이길 수가 없었다.

사정은 다른 쪽도 마찬가지였는데 남궁청과 모용현이 여덟명을 상대했고, 이범과 백건이 열두명의 무인들을 붙잡고 있었으며 백하언과 우윤섭이 다섯명의 백의군과 맞섰다.

수적 열세였다. 그럼에도 용천각원과 운현 일행이 백의군을 상대로 대등하게 버틸 수 있었던 이유는 바로 무려 열여섯명의 무인들을 상대하는 두명의 남녀 덕분이었다.

"제길……!"

"물러서!"

매난열화검법을 맹렬하게 펼치며 좌우로 종회무진 하는 두명의 남녀. 화설중과 화설은 홍색으로 불타오르는 검을 치켜들고 열여섯명의 무인들과 대등한 싸움을 펼쳤다.

"화설!"

"응!"

두명의 남녀는 한 몸, 한 마음으로 움직였다.

선두엔 화설중이 앞장서서 백의군을 향해 달려들었고, 화설중에게 생긴 빈틈을 화설이 뒤에 따라붙으며 메웠다.

덕분에 화설중의 매난열화검은 뜨거운 열화의 기운을 유감없이 발휘하며 백의군을 압박했다.

"이 새끼가!"

백의군 중 한명이 화설중의 검을 맞받아냈고, 뒤이어 세

명의 무인들이 달려들어 화설중의 검에 자신들의 검을 맞댔다. 무려 네명의 백의군이 화설중 한명을 쓰러뜨리고자 앞으로 나섰다.

"흐읍!"

화설중은 무겁게 짓눌러오는 네명의 백의군을 상대로 검을 빠르게 끌어당겼고, 짓누르던 검에 온 힘을 다하고 있던 백의군들은 예상치 못한 화설중의 행동에 자신들도 모르게 화설중에게로 끌려갔다.

그때 뒤쪽으로 공중제비를 하며 날아간 화설중의 등 뒤로 화설이 모습을 드러냈다.

철컥—

화설의 검이 수평선을 그리며 네명의 백의군을 향해 휘둘러졌다. 화설이 가장 자신 있어 하고 가장 좋아하는 매난열화검의 화수편(花輪片)이었다.

부채꼴 모양으로 뻗어나간 홍색의 검기는 백의군들의 북부를 베었다.

"칫!"

아까워하는 화설의 양쪽으로 두개의 검이 날아들었다.

하지만 어느새 화설의 곁에 다가온 화설중이 검과 검집을 양손으로 들어 화설을 노리고 날아든 두개의 검을 막아냈다.

"미안 조금 얕았어."

"괜찮아 기회는 또 만들면 돼."

"이 건방진 연놈들이!"

복부를 베인 백의군 네명은 뒤로 물러나 복부에 난 자상을 지혈했고, 나머지 열두명의 무인들이 화설과 화설중을 포위했다. 그러자 화설중이 검을 둥글게 회전시키며 열환승천의 기운을 끌어올렸다.

뒤이어 화설이 화설중의 품속에서 검끝을 세웠다.

뜨거운 열기가 백의군의 시야를 사로잡은 사이 검을 가슴 쪽으로 끌어당긴 화설이 시위를 떠난 화살처럼 튀어나갔다.

"엇!"

빠른 속도로 튀어나온 화설이 검끝을 빠르게 쏘아보내자 놀란 백의군이 검신으로 화설의 검을 막아냈다.

그러나 화설의 기세는 멈출 줄을 몰랐고, 그녀의 검을 막은 백의군의 신형이 뒤로 주르륵 밀려났다.

그 순간 열환승천으로 무인들의 접근을 막아내고 있던 화설중이 화설이 만들어낸 작은 틈 사이로 몸을 날렸다.

그는 검신에 소용돌이치고 있는 열환승천의 기운을 정면으로 날려보냈다.

붉은 회오리의 형태를 띤 화설중의 검기가 화설을 향해 날아갔다.

"이년이! 네가 날 이길 수 있을 것 같으냐!"

"멍청하긴."

화설을 향해 불같이 화를 내던 백의군은 혀를 비죽 내밀곤 바닥에 납작 엎드리는 화설을 보며 의아한 표정을 지었다.

"뭐하……."

바닥에 엎드린 화설에게로 신경이 쏠려 있던 백의군은 난데없이 날아든 화설중의 검기에 온몸이 찢겨진 채 바닥에 널브러졌다.

화설중과 화설이 쓰러진 백의군 위로 지나가 자신들을 둘러싼 백의군의 포위를 벗어났다.

두명의 화산파 무인들이 엄청난 합공을 통해 백의군을 상대하고 있을 무렵 이범과 백건을 상대하던 열두명의 백의군은 가쁜 숨을 몰아쉬며 자신들의 앞에 선 두명의 무인을 질렸다는 얼굴로 바라봤다.

"괴물 같은 놈들이군……."

두명의 젊은 사내들은 화설과 화설중처럼 놀라운 합공을 보여주지 않았다.

애초에 합공을 할 만한 사내들이 아니었고, 그럴 만한 기술이나 협동심도 없었다. 대신 이범과 백건의 개인기량은 이들 중 가장 뛰어났고, 그들은 자신만의 힘으로 열두명의 백의군을 상대했다.

"내가 일곱명을 상대하지."

"하? 객기부리다 죽지 마라. 내가 일곱을 상대하지."

이범과 백건의 시선이 서로를 향했다.

"이번에야말로 누가 강한지 겨뤄볼 수 있겠군."

"무리하다 죽지 마라 이범. 네가 용천각에서 처리해야 할 업무들이 한두개가 아니야."

"내기하지. 누가 먼저 여섯 명을 쓰러뜨리는지를 말이야."

"이긴 쪽이 가져가는 건?"

백건의 물음에 이범이 기다렸다는 듯 대답했다.

"이긴 쪽이 가져가는 건 없다. 대신 진 쪽이 가져가는 건 있지."

"뭘?"

"용천각의 부각주 자리."

노골적인 이범의 제안에 백건이 불만을 드러냈다.

"내겐 매우 불리한 조건이잖아. 넌 잃을게 없고."

"네가 이기면 내가… 널… 혀, 형님으로 모시지."

"형님?"

"그래."

이범이 자신을 형님으로 모시겠다고 말하자 백건이 만족한 듯 검을 들어올렸다.

그들을 지켜보던 백의군은 어이가 없다는 듯 이범과 백건을 향해 손가락질 하며 외쳤다.

"설마 네놈들 둘이서 우릴 이길 거라 생각하는 거냐?"

"그 말 지켜라 이범."

"너야말로."

백의군의 성난 외침 따위는 가볍게 무시한 이범과 백건은 질 수 없는 내기에서 승리하기 위해 기운을 끌어올렸다.

98

"잘 좀 싸워봐!"

"아, 알았소!"

백하언의 질타에 우윤섭이 힘을 냈다.

그러나 벽사문의 무인인 우윤섭은 뛰어난 실력의 진법과 기관지식을 갖고 있었지만, 무공으로는 변변치 않은 실력을 보였다.

"크으으⋯⋯."

달려드는 백의군을 상대로 우윤섭이 용맹하게 검을 휘둘렀으나 다섯명에 달하는 백의군과 우윤섭이 대등하게 싸울 수 있을 리가 없었다.

그는 싸움을 시작한지 일각도 채 되지 않아 위기를 맞이했고, 백의군의 날카로운 칼날은 우윤섭의 어깨와 허벅지를 베어 넘겼다.

"으헉!"

"어휴. 어떻게 사내가 일각도 버티질 못해! 저리 비켜!"

표독스러운 표정으로 우윤섭을 뒤로 끌어당긴 백하언이 다섯명의 백의군을 상대로 양손을 들어올렸다.

"하하! 사내자식이 계집의 뒤에 숨는 게냐?"

"뭐? 계집?"

"생긴 것은 반반하게 생겼군, 살려달라고 애원하면 목숨만은 살려주마. 대신⋯⋯."

"생긴 것만 개같이 생긴 줄 알았는데 개소리도 잘하네."

"이년이!"

거침없는 백하언의 언변에 성난 백의군이 검을 들고 앞

으로 나섰다. 그는 양손을 내리까 채 가만히 서 있는 백하언을 향해 검을 휘둘렀다.

그런데 이상한 일이 벌어졌다.

백하언을 향해 똑바로 날아가던 그의 검은 돌연 경로를 바꿔 바로 옆에 서 있던 동료의 팔을 베었다.

"끄악! 뭐, 뭐하는 거야!"

졸지에 팔을 베인 백의군이 피가 뚝뚝 떨어지는 팔뚝을 붙잡고 소리치자 그를 벤 백의군이 고개를 가로저으며 항변했다.

"내, 내가 그런게 아니야!"

"맞아 내가 그런 거야. 그리고 잘 가."

"뭐……."

스릉—!

눈에 보이지도 않을 정도로 얇은 은사가 백의군의 목을 스쳐지나갔고, 그의 목에서 피가 분수처럼 뿜어져 나왔다.

"물러서! 은사를 사용한다!"

목을 부여잡고 쓰러진 백의군을 향해 다가간 백하언은 그가 흘린 피 때문에 붉어진 무복을 불만스럽게 내려다보았다.

"비싼 옷인데 너 때문에 더러워졌잖아."

눈 깜짝할 사이에 다섯명의 백의군 중 한명의 목숨을 취하는 백하언을 보며 우윤섭이 몸을 흠칫 떨었다.

"무서운 여자야……."

까앙—!

자신을 덮쳐오는 다섯개의 칼날을 창대로 쳐낸 위지천은 주변을 둘러보았다.

정신을 차린 장혁과 장현이 쌍아양도법을 유려하게 펼치며 쌍둥이다운 합공을 펼치고 있었고, 나머지 무인들은 용맹하게 자신들의 적들을 상대했다.

그중에서도 백하언이 예상치 못한 공격으로 오십명의 백의군 중 한명의 목숨을 취했다.

하지만 위지천의 얼굴은 그리 밝지 못했다.

'지금은 대등하게 싸우곤 있지만 얼마 안 가 우릴 상대하는 법을 알아내겠지.'

오십명의 백의군을 상대하는 열한명의 무인들은 개성 있는 싸움방식으로 백의군과의 수적 열세를 극복하는 중이었다. 하지만 백의군 역시 실력 있는 무인들이었다.

그들은 얼마 안 가 대응법을 찾아낼 것이고 오십명을 상대하는 열한명의 무인들은 점점 더 불리해질 것이 분명했다.

"어떻게든 숫자를 줄이는 수밖에."

* * *

쿠구구궁—!

바위가 무너져 내리고 토사물이 끊임없이 흘러내렸다.

엄청난 높이에서 떨어져 내린 무연과 단명우는 동시에 하늘을 올려다보았는데 뻥 뚫려 있는 구멍은 아득히도 높은 곳에 위치했다.

마음만 먹으면 아예 올라가지 못할 높이는 아니었지만, 문제는 서로가 그걸 기다려 줄 리가 없다는 것이다.

"이건 예상하지 못했나 보군."

무연의 물음에 단명우가 솔직하게 대답했다.

"내게 불만을 가지고 있을 거란 생각은 하고 있었다만, 시기가 조금 이르군."

"시기?"

"백서문은 내게 마교의 비술인 탈혼거인술(奪魂弄燐術)과 함께 여러 사술들을 배웠고, 만상에겐 흡기공을 배웠다. 영리한 놈이지."

"백서문도 네 작품인가?"

"인간이란 작은 욕망을 건드는 것만으로도 완전히 다른 사람으로 변할 수 있다. 백서문에겐 누구에게도 말 못할 권력욕을 가지고 있었고, 나는 그의 욕망을 조금 더 자극시켜줬을 뿐이야. 그러자 무림맹의 맹주라던 백서문은 나와 같은 꿈을 꾸게 되었지."

"중원의 신이 되겠다던 네 꿈 말이냐."

"그래. 그놈은 내게 탈혼거인술을 배웠고, 그것을 네게 써먹더군. 말로는 우리의 대업을 완수하기 위해서는 네가 필요하다고 둘러댔지만, 그놈의 생각이야 뻔하지. 자신의 힘으론 나를 상대할 수 없으니 네놈을 자신의 것으로 만들

어 나를 경계하려 했겠지."

"그걸 알면서도 탈혼거인술을 가르쳐줬나?"

이해가 되지 않는다는 듯한 무연을 향해 단명우가 고개를 끄덕였다.

"그래."

"왜지?"

"넌 내가 꿈꾸는 신이라는 존재에 가장 근접했으니까. 그래서 네 녀석을 죽이지 않길 바랐다. 너는 혈교 따위에게 쓰러지기엔 아까운 존재였으니."

쿠구궁—!

집채만 한 바위가 떨어져 박살났다.

파편이 이리저리 튀고 흙더미가 함께 무너져 무연과 단명우의 공간을 점점 좁혔다.

"시간이 얼마 없는 것 같군. 너나 나나."

단명우가 가볍게 몸을 풀며 검을 고쳐 쥐었다. 무연은 어둑해지는 하늘을 바라보았다.

"그래. 시간이 별로 없지."

하늘을 올려다보던 무연이 고개를 내려 단명우를 마주했다.

죽음을 각오한 의지가 담긴 무연의 눈동자에서 그의 결의를 엿본 단명우의 얼굴에 그림자가 드리워졌다.

"이곳에서 죽을 셈이냐."

"그래."

무연이 두 주먹을 움켜쥐었다.

백서문이 파놓은 구덩이는 매우 엉성했다.

애초에 가둬둘 목적으로 만들어둔 함정이 아니었기에 깊이만 깊었을 뿐 조그마한 충격에도 무너져 내릴 만큼 엉성하게 파놓은 구덩이는 언제라도 무너질 수 있었다.

특히나 무연과 단명우와 같은 태산도 으깰 수 있는 힘을 가진 무인들에겐 절대적으로 위험한 공간이었다.

"무신이라 추앙받으며 평생을 희생만 해온 네 삶이 슬프거나 후회되지는 않는 거냐."

단명우가 검을 어깨 높이로 들어올렸다.

"이제야 사랑하는 여인과 새로운 삶을 시작할 수 있거늘, 이곳에서 죽을 셈이냐. 사랑하는 사람을 두고 인사도 없이 떠날 준비가 되었느냔 말이야."

"그래."

머릿속에 단서연의 얼굴이 떠올랐다. 그녀의 적갈색 머리카락과 곱고 흰 피부, 불그스름한 입술. 자신을 부르는 목소리와 만월에 떠오른 적화처럼 아름다운 모습.

매 순간이 아름다운 단서연의 모습을 품에 간직한 무연은 내력을 끌어올렸다.

이제 더 이상 돌아갈 길은 없었다.

"이곳이 너와 나의 무덤이다. 단명우."

* * *

"쿨럭!"

피를 토해내며 검으로 겨우 몸을 지탱한 운현이 입가에 고여 있는 피를 뱉었다.

그의 앞에는 백서문이 히죽거리는 얼굴로 서 있었다.

"운이 좋구나 운현. 백아연이 조금만 늦었어도 죽었을 텐데 말이야."

"운공자!"

"고마워요. 덕분에 살았어요."

비틀거리는 운현의 신형을 부축한 백아연은 백서문을 노려보며 말했다.

"백서문은 흡기공을 배웠어요. 아무래도 상대의 기를 빼앗는 것 같아요. 섣불리 공격했다간 오히려 저희 쪽이 위험해요."

"최악의 상대로군요."

단명우에겐 사술을 배웠고, 만상에겐 흡기공을 배운 백서문은 그 어떤 무인들보다 까다로운 상대였다. 그때 뭔가를 깨달은 운현이 이해할 수 없다는 얼굴로 말했다.

"잠깐… 단명우가 살아 있다고?"

"응? 내가 말하지 않았던가? 하하하! 단명우는 살아 있다 지금쯤 무연과 함께 파묻혔을 테니 이젠 죽었다고 말해야 하나?"

"설마 그 흑의인의 정체가……."

"그래. 그 설마다. 마신의 외동아들 단명우는 살아 있다. 멍청한 놈들. 그것도 모르고 정사대전을 일으킨데다가 단각은 제 아들의 원수를 갚겠다고 설치다 죽어버렸지. 아주 멍청한 죽음이야. 제 아들이 살아 있는지도 모르고 하하!"

"말도 안 돼……!"

"이 세상엔 네놈처럼 우매한 놈이 알 수 없는 일들의 연속이란다."

단명우가 살아 있다는 것과 백서문이 그와 연관되어 있다는 사실. 정사대전의 비사.

여태껏 알려지지 않았던 모든 이야기가 백서문의 입을 타고 흘러나왔다.

"그리고 보면 참 비극이 아닐 수가 없지. 무소월 그놈은. 단각을 죽게 만든 놈이 단각의 아들이라는 것과 그자의 딸이 자신이 사랑하는 여인이라니… 무신의 삶도 참 순탄치 않아. 뭐 이제는 죽었을 테니 편히 쉴 수 있겠지 하하!"

"아니…….'

"뭐?"

운현이 백서문을 향해 천천히 발을 내디뎠다.

"무연을 죽지 않았어."

"아니. 죽었다. 내가 만든 함정에 빠졌으니까! 만약 죽지 않았다고 해도 곧 태산은 무너질 테고 무신은 태산에 생매장 될게다. 그놈이 진짜 신이 아닌 이상 죽음은 피할 수 없어."

"아니. 무연은 죽지 않아. 그 녀석은 무신이니까."

"어린아이처럼 떼를 쓰는구나. 어차피 무소월이 죽는다는 사실은 변하지 않거늘."

"그리고 넌……."

운현의 눈동자가 푸르스름한 빛을 띠었다.

청명혼원심법이 절정에 달하자 생겨난 모습이었다.

검신에는 푸른 검강이 깃들었고, 그의 발걸음 하나하나
엔 청명한 기운이 피어올랐다. 기세가 변해버린 운현을 향
해 백서문이 웃음을 거두었다.

'이 모습은 마치……'

검신 송월의 모습을 연상케 하는 운현을 향해 백서문이
검을 들었다.

'이놈도 살려두면 큰 후환이 되겠구나.'

운현에 대해 큰 관심을 두지 않고 있었던 백서문은 자신
의 생각이 잘못되었음을 깨달았다.

지금의 운현에게선 송월의 모습이 엿보였다.

"오냐 죽고 싶다면 내 기꺼이 죽여… 흡!"

바로 앞에 당도한 운현의 검에서 푸른 검강이 뿜어져 나
왔다. 이를 막기 위해 뒤로 물러선 백서문은 자신의 백검
으로 운현의 검을 쳐냈다.

"흐음! 괜찮은 기로구나!"

검을 맞대며 느껴진 운현의 기운은 꽤나 대단했다.

청명혼원심법으로 다져진 청명한 기운은 백서문의 몸을
맑게 만드는 듯했다.

"네 아무리 강한 기를 끌어올린다 해도 이 백서문을 이길
순 없다!"

극성에 이른 흡기공은 아니었지만 만상에게 얻어낸 흡기
공은 운현을 상대하기에 충분했다.

상대의 기를 흡수하는 덕에 자신의 기력소모는 줄이고 상대의 기력소모는 늘릴 수 있었으니 장기전이든 소모전이든 백서문은 자신 있었다.

힘을 빼앗겼지만 운현은 검을 거두지 않았다.

오히려 더욱 찬란한 빛을 내뿜으며 백서문을 향해 검을 휘둘렀다. 백서문은 무모해 보이는 운현을 향해 이를 드러내며 웃었다.

"하하하! 송월의 하나밖에 남지 않은 제자가 이토록 무모하고 멍청하다니! 천하의 검신도 제자를 보는 눈은 형편없이 짝이 없구나!"

계속되는 백서문의 비아냥거림에도 운현의 눈빛은 흔들리지 않았다. 운현의 검은 더욱 견고해졌고, 그에 담긴 기운은 백서문이 흡수할 수 있는 수준을 뛰어넘었다.

"이런……."

뒤로 밀려난 백서문은 손끝이 떨려옴을 느꼈다.

운현의 청월유성검이 자신의 흡기공을 서서히 압도하기 시작했다.

"어쩔 수 없나."

백서문의 검이 밝은 백색으로 빛났다.

여덟 그리고 아홉 번째 걸음

이제 남은 것은 두명.

네명을 쓰러뜨렸지만, 문제는 백건의 단전에 남아 있는 내공이 별로 없었다.

이는 자신의 옆에 서 있는 이범도 마찬가지였는지 그의 숨이 거칠었다.

"벌써 힘들어?"

백건의 말에 이범이 도에 묻은 피를 털어냈다.

"힘든 것은 네 쪽이겠지 목소리가 떨리는 것을 보니 이건 내가 이긴 것 같은데."

"멍청한 소리 하기는."

이범과 백건은 서로의 등을 맞대고 남은 네명의 백의군을 상대했다.

열두명의 백의군 중 무려 여덟명을 쓰러뜨렸다.

다섯명은 목숨을 잃었고, 남은 세명은 복부와 허벅지를 깊게 베여 더는 싸울 수 없는 상태였다.

이제 남은 것은 네명. 부족한 내공이 이범과 백건의 움직임을 더디게 만들었다.

"백소저!"

"제기…랄."

열개의 은사를 사방으로 펼치던 백하언은 세명의 백의군을 노려봤다.

기습을 통해 한명을 죽였고, 남은 한명은 오른팔과 발목을 잘라냈다.

하지만 문제는 남은 백의군이 쉽게 은사에 당해주지 않았다.

은사는 못 봤을 경우 매우 치명적인 무기였지만, 알고만 있다면 파훼하는 것은 의외로 간단했다.

"제가 막아보겠습니다."

"넌 한명을 막고 있어 나머진 내가 어떻게든 해볼 테니까."

우윤섭에게 한명의 백의군을 맡긴 백하언은 나머지 두명의 백의군을 향해 손가락을 움직였다.

그녀의 검지손가락과 약지가 은밀하게 꺾였고, 길게 이

어진 은사가 백의군을 덮쳤다.

"온다!"

이미 예상하고 있던 걸까. 백하언의 은사는 제몫을 다하지 못하고 백의군의 검을 붙잡는 데에 그쳤다.

그때 남은 한명이 백하언을 향해 맹렬한 기세로 달려왔다.

'지금!'

백하연이 왼손을 튕겼다. 그러자 다섯줄의 은사가 달려오는 백의군의 아래에서 튀어나왔다.

하지만 땅을 박차며 뛰어오른 백의군이 백하언을 향해 검을 휘둘렀다.

"흡!"

은사를 거두며 몸을 보호한 백하언은 백의군의 검기를 막아낼 수 있었지만, 바로 앞에 다가온 백의군의 검을 피하기 위해 등을 굽혔고, 그의 검이 백하언의 등을 스쳐지나갔다.

"윽!"

등을 굽혀 검을 피한 백하언은 뒤이어 목을 향해 베어오는 검을 막아내기 위해 옆으로 몸을 굴려야 했다.

처절한 모습으로 땅을 구른 백하언은 거둬들인 은사를 짧게 잡으며 정수리 쪽을 노리고 베어오는 검을 붙잡았다.

"지금이야!"

백하언의 은사가 검을 붙잡고 있는 동안 남은 한명의 백의군이 검끝을 세워 백하언을 향해 달려들었다.

'젠장!'

은사를 거둘 수 없었던 백하언은 달려드는 백의군의 검을 막거나 피할 수가 없었다.

빠르게 다가온 백의군의 검이 백하언의 코앞으로 다가왔다.

"죽어라!"

'끝인가…….'

자신의 곁에 있던 우윤섭은 고전을 면치 못하고 있었으니 자신을 도울 수 없었다.

이는 나머지 무인들도 마찬가지였다.

끝을 직감한 백하언은 떠오르는 장현의 얼굴을 눈으로 그리며 저도 모르게 웃었다.

'하필이면 그 녀석 얼굴이…….'

마지막으로 장현의 얼굴을 떠올린 백하언은 눈을 질끈 감았다.

곧이어 엄습해 올 고통에 대비하여.

푸욱—!

백하언은 자신을 찔러오는 아찔한 고통 대신 뜨거운 뭔가가 얼굴에 흩뿌려진 것에 놀라 눈을 부릅떴다.

그녀의 눈앞엔 목에 도가 꽂힌 백의군이 숨을 헐떡이며 바닥에 주저앉고 있었다.

백의군의 목에 꽂혀 있는 것은 백하언도 잘 알고 있는 익숙한 모양새의 도였다.

"장현?"

장현이 자신을 도와줬음을 깨달은 백하언이 밝게 웃으며
고개를 돌렸다.

그러나 그녀의 눈에 들어온 것은 도를 던진 장현을 향해
백의군이 검을 휘두르고 있는 모습이었다.

"자… 장현!"

도를 던짐으로써 무기를 잃은 장현은 다가오는 백의군의
검을 양손으로 붙잡았다.

나름대로 내력을 일으켜 손가락을 보호했지만, 권사가
아닌 장현이 맨손으로 백의군의 검을 막는다는 것은 불가
능한 일이었다.

"끄으윽!"

손가락에 파고든 백의군의 검이 당장에라도 장현의 손가
락을 잘라내고 그의 가슴을 베어낼 것만 같았다.

그때 장현의 위기를 발견한 장혁이 바람처럼 달려와 장
현을 향해 검을 내리찍고 있던 백의군의 옆구리를 길게 베
었다.

"장혁!"

"멍청아 조심해…야지."

장현을 구해낸 장혁은 어색한 웃음을 지었다.

그의 입가엔 한줄기의 피가 흘렀고, 그의 복부엔 백의군
의 검이 튀어나와 있었다.

"안 돼!"

장혁은 자신의 도를 장현에게 던진 후 등을 꿰뚫고 복부
로 튀어나온 백의군의 검을 부여잡았다.

오랜 세월을 함께 살아온 장현은 장혁의 행동에 담긴 의미를 단번에 알아차리고는 날아온 도를 붙잡고 곧바로 휘둘렀다.

그의 도가 향한 곳은 장혁의 목이었다.

"한놈 잡았다… 컥!"

장혁을 등 뒤에서 찌른 백의군은 고개를 숙인 장혁의 머리 위로 베어 온 장현의 도에 목을 베였다.

목을 베인 백의군과 장혁은 동시에 바닥에 쓰러졌다.

"장혁!"

"쿨럭! 머…멍청아. 아직 안 끝났어."

장혁은 떨리는 손으로 장현의 멱살을 쥐고 끌어당겼다.

"멈추지 마."

"으아아아!"

죽어야 하는건 자신이었다. 목숨을 대가로 백하언을 구하려 했던 장현은 자신의 목숨 대신 장혁을 잃었다.

고개를 떨군 장혁을 뒤로 한 채 장현이 장혁의 도를 쥐고 일어섰다.

도를 쥔 장현의 손에 붉게 물들었다.

"하아… 하아!"

세명의 백의군을 쓰러뜨린 위지천은 장혁이 쓰러지는 모습을 발견하고는 어금니를 꽉 깨물었다.

대등한 힘끼리의 싸움엔 죽음이 불가피했다.

하지만 장혁은 죽기엔 너무 어린 나이였다. 이런 곳에서

죽어야 할 아이가 아니었다.

'조금만 더… 조금만 더!'

위지천은 온 힘을 끌어올려 창을 들었다.

그의 앞엔 두 명의 백의군이 남아 있었는데 그들을 향해 달려간 위지천은 자신을 발견하고 휘둘러져 오는 백의군의 검을 창대를 쳐낸 후 창끝으로 그의 발목을 후려쳤다.

"끅!"

창대를 짧게 잡은 후 균형을 잃은 백의군의 가슴을 붙잡고 그를 바닥에 내리찍었다.

남은 한 명의 백의군이 위지천의 옆구리에 검을 휘둘렀지만 위지천은 이를 무시했다.

서걱—!

옆구리를 벤 검엔 피가 튀었고, 위지천은 옆구리에서 느껴지는 아찔한 고통을 애써 무시하며 쓰러진 백의군의 가슴에 창을 찔러넣었다.

그 순간 백의군의 검이 위지천의 목을 향해 찔러들어왔다.

"음!"

맨손으로 백의군의 검을 잡아낸 위지천이 고개를 돌렸다.

이글거리며 타오르는 위지천의 눈을 마주한 백의군은 저도 모르게 한걸음 물러섰다.

마주한 위지천의 눈에선 맹렬한 살의와 분노가 느껴졌다.

"죽어!"

두려움을 이기고 위지천의 손에서 검을 빼낸 백의군은 위지천을 향해 다시 한번 검을 휘둘렀다.

검기를 머금은 그의 검은 위지천의 어깨를 사선으로 베었다.

하지만 죽은 백의군의 가슴에서 창을 빼낸 위지천은 창대로 백의군의 검을 빗겨낸 후 그의 목을 향해 번개 같은 속도로 창을 찔렀다.

푹—! 살과 근육 그리고 뼈가 꿰뚫리는 소리와 함께 목에 커다란 구멍이 새겨진 백의군의 신형은 천천히 기울어져 바닥에 쓰러졌다.

"하악… 하악!"

온몸에서 피를 흘리던 위지천은 아직 남은 백의군을 향해 발걸음을 옮겼다.

"화설!"

가장 많은 적을 상대하던 화설과 화설중은 사방에서 몰아치는 백의군을 상대하기 위해 끊임없이 움직이며 싸워야 했다.

그 때문에 체력과 내력의 소모가 다른 무인들에 비해 상당히 컸다.

그중에서도 화설은 극심한 체력소모 때문에 가쁜 숨을 몰아쉬고 있었다.

그녀가 지쳤음을 깨달은 백의군은 화설중보다 화설에 집

중했다.

"후우!"

자잘한 상처를 가득 안고 있던 화설은 자신들을 둘러싼 열명의 백의군이 이십명으로 보였다.

'피를 너무 흘렸나…….'

자잘한 상처들이었지만 내력에 의해 생긴 상처는 자연적으로 지혈되지 않았고, 지혈을 할 틈도 없었다.

어쩔 수 없이 피를 흘리며 싸워야 했던 화설은 피를 너무 흘린 탓에 주변이 어지럽게 느껴졌다.

"아직은 안 돼."

입술을 깨물며 정신을 집중한 화설은 자신을 둘러싼 백의군들을 향해 매섭게 기울을 끌어올렸다.

장사혁이 죽고 반년이란 시간동안 쉴 새 없이 단련한 화설은 화설중과 함께 복수를 꿈꿨다.

'백서문과 흑의인이 죽기 전까진 절대 죽을 수 없어!'

화설은 자신의 발끝을 땅에 반쯤 박아넣었다.

그리곤 다가오는 백의군을 향해 힘껏 발을 차올렸고 그녀의 발등을 타고 날아간 흙더미가 흑의인을 향해 날아들었다.

"뭐야!"

찰나의 순간이지만 백의군의 시야가 화설이 날린 흙에 의해 가려지고 이 틈을 화설이 놓칠 리가 없었다.

그녀는 신형을 튕기듯 날려 열명의 백의군을 향해 달려들었다.

'한놈.'

가장 앞에 서 있던 백의군을 향해 다가간 화설이 그의 무릎을 베었다.

상체가 아닌 하체를 노린 공격이었기에 백의군은 화설의 공격을 미처 막아내지 못했고, 그의 무릎이 길게 베였다.

"윽! 이 개잡······."

쉬이익— 퍼억!

화설이 백의군의 무릎을 베는 순간 날아온 화설중의 검이 백의군의 가슴에 박혔다.

화설이 시선을 끄는 순간 화설중이 빈틈을 놓치지 않고 검을 날린 것이다.

쓰러지는 백의군의 가슴에서 검을 뽑아낸 화설은 등 뒤로 다가온 화설중을 향해 검을 던져 준 후 오른쪽에서 다가오는 백의군의 검을 고개 숙여 피했다.

뒤이어 검을 건네받은 화설중이 검을 휘두른 백의군의 허벅지를 베었고, 뒤이어 화설이 백의군의 목을 베었다.

"당장 저 둘을 죽여!"

순식간에 두명이 죽었고, 남은 여덟명의 무인들이 화설중과 화설을 사방에서 압박했다.

화설중과 화설은 사방에서 날아드는 백의군의 검세를 막아내려 노력했지만, 쉴 새 없이 휘둘러져 오는 백의군의 검세를 모두 막을 순 없었다.

"큭!"

화설중이 어깨와 등 그리고 다리를 베였다.

그러자 화설이 화설중과 등을 맞대고 그를 보호했다.

"화설……."

"쓸데없는 소리 하지 마세요."

"이대로 가면 너도 위험해."

"헛소리 하지 말라고 했어요."

화설은 왼쪽에서 베어오는 백의군의 검을 쳐냈다.

하지만 하나의 검을 쳐내면 이어서 두세개의 검이 날아들었다.

계속해서 이어지는 공세에 화설이 위험하다는 것을 직감한 화설중은 검집을 버팀목 삼아 자리에서 일어나 화설을 어깨에 둘러메고 있는 힘껏 뒤로 몸을 날렸다.

"큭!"

불안정한 착지로 바닥을 구른 화설중은 자리에서 벌떡 일어나 코앞으로 다가온 백의군을 향해 화정유섬을 펼쳤다.

붉게 피어오른 매화꽃잎과 함께 쾌검의 묘가 담긴 화설중의 검이 다가오는 백의군을 멈춰 세웠다.

이 모습을 멀찍이서 지켜보던 남궁청은 고통스러워하는 모용현을 옆에 둔 채 다가오는 네명의 백의군을 향해 금색으로 빛나는 검을 들어올렸다.

하지만 바닥난 내력 탓에 그의 금빛 검기는 불안정하게 흔들렸고, 이 모습을 지켜보던 백의군은 남궁청을 향해 조소했다.

"네놈도 이제 얼마 남지 않은 모양이구나. 걱정마라 네 친구들도 곧이니."

"그래 한번 데려가 보거라."

"뭐라?"

모용현을 자신의 등 뒤에 둔 남궁청이 어깨를 펴고 당당히 가슴을 내밀었다.

"덤벼봐라. 상대해줄 테니."

분명히 불리한 쪽은 남궁청이었으나 그는 당당하게 백의군의 앞에 섰다.

마치 자신을 죽일 수 있으면 죽여보라는 듯한 모습이었다.

이에 백의군은 부채꼴 모양으로 서며 남궁청을 포위했다.

"덮쳐!"

네명의 백의군이 동시다발적으로 남궁청을 향해 달려들었다.

이에 남궁청은 검을 높게 치켜들었고, 그의 검끝에서 휘황찬란한 금빛이 검신을 뒤덮었다.

황룡반린(黃龍半躪).

높게 치켜든 남궁청의 검이 가장 정면에서 다가오는 백의군을 향했다.

금빛의 검은 백의군을 무겁게 짓눌렀고, 그의 기세를 꺾지 못한 백의군의 허리가 기형적으로 뒤틀리며 바닥에 쓰러졌다.

금빛을 머금은 남궁청의 검이 양쪽에서 다가오는 두명의 백의군을 한번의 휘두름으로 튕겨냈다.

"후읍!"

숨이 턱 끝까지 차오른 남궁청은 숨이 턱 막혔다. 무리해서 내력을 끌어올린 탓이었다.

그때 나머지 한명의 백의군이 힘들어하는 남궁청에게로 빠르게 다가와 검을 찔렀다.

푸욱─!

"미…친."

남궁청의 옆구리에서 튀어나온 모용현의 검이 백의군의 명치를 꿰뚫었다.

기회를 보던 모용현이 남궁청을 보호하기 위해 벌떡 일어나 검을 찔러넣은 것이다.

"괜찮아요?"

"응… 고마워."

두명의 백의군을 쓰러뜨렸지만, 아직 두명이 남아 있었다.

"퉤!"

피를 내뱉은 이범이 자신의 앞에 쓰러져 있는 여섯명의 백의군을 바라봤다.

그의 도엔 시뻘건 색의 핏물이 가득 배어 있었다.

만신창이가 된 이범은 결국 여섯명의 백의군을 쓰러뜨렸다.

그건 백건도 마찬가지였는데 그의 몸은 성한 곳이 없었다.

무리해서 여섯명의 백의군을 상대로 싸운 탓에 온몸에 상처를 가득 안아야 했던 것이다.

"남은건……?"

"절반 정도."

그렇게 열심히 싸웠건만 백의군의 수는 아직 스무명가량이 남아 있었다.

절뚝거리는 다리로 백건의 등을 두드린 이범이 그를 향해 손짓했다.

"아직 쉬기엔 일러. 우리가 움직이지 않으면 나머지가 위험해."

"나도 알고 있어."

이범과 백건은 백하언과 우윤섭에 합류한 장현과 위지천을 향해 다가갔다.

싸움은 치열하게 이뤄졌고, 화설중과 화설 그리고 남궁청과 모용현이 뒤로 물러서며 용천각원과 합류했다.

이로써 장혁이 빠진 열명의 무인과 스무명의 백의군이 서로를 대치하며 섰다.

"장혁은……?"

이범이 위지천을 향해 물었다.

그의 옆엔 쓰러져 있는 장혁과 그를 붙든 장현이 눈물을 흘리고 있었다.

"아직 숨이 붙어 있지만 언제까지 버틸지는 몰라. 당장 치료받아도 살 수 있을지 없을지 모르는데……."

거의 다섯배에 가까운 백의군을 상대로 용맹하게 싸운 열한명의 무인들은 그야말로 만신창이였다.

자잘한 상처부터 깊은 중상까지.

다치지 않은 이가 없었고, 내력이 남아 있는 무인도 극소수였다.

"인당 네명씩만 쓰러뜨리자고."

화설중이 핏물을 뱉으며 절뚝거렸다. 그러자 화설이 그의 옆에 섰다.

"네명이라……."

이범과 백건이 각각 도와 검을 쥐고 화설중과 화설의 곁에 섰다.

뒤이어 남궁청과 위지천이 그들의 옆에 섰다.

마지막으로 백하언이 은사를 쥐고 백의군을 노려봤다.

"왜 이제야 온거야?"

웃기 시작한 백의군을 보며 이범이 씁쓸하게 웃었다.

"제기랄……."

이제야 겨우 절반 이하로 죽인 백의군에게로 백색의 무복을 입은 또 다른 무인들이 무려 삼십여명이나 모습을 드러낸 것이다.

"맹주님이 만드신 함정이 얼마나 큰지 알아? 그거 발동시키다가 떼죽음 당할 뻔했다고."

"출구는 제대로 닫았어?"

"아니. 어차피 공동이 무너지면 아무도 못 살아나와."

"맹주님이 제대로 닫으라고… 하… 그건 됐고. 빨리 합류해 저놈들 죽이고 맹주님을 도와야 하니까."

"알았어."

새로 합류한 삼십명의 백색 무인들 때문에 백의군의 숫자는 원점으로 돌아갔다.

그에 반해 열한명의 무인들은 열명으로 줄었다.

게다가 이젠 체력도 내력도 한계였다.

다른 이들이었다면 당장 도망가도 모자랄 상황임에도 앞에 선 이범과 백건 그리고 화설중과 화설, 남궁청, 백하언, 위지천은 굳게 선 땅위에서 한발자국도 움직이지 않았다.

그들의 뒤엔 운현과 백아연이 있었고 그들을 위해선 이자리를 지켜야 했기 때문이다.

"자… 이래도 우릴 이길 수 있겠느냐."

도로 오십명이 된 백의군이 이범을 향해 이죽댔다.

"닥치고 덤벼."

백건이 귀찮다는 듯 어깨를 두드리며 말하자 오십명에 다하는 백의군이 살기를 띠며 열명의 무인들을 향해 달려들었다.

다가오는 백의군을 향해 이범이 도를 고쳐 쥐며 중얼거렸다.

"자 죽어보자고."

맹렬한 속도로 달리던 백의군은 검을 들어 자신들을 막고 있는 열명의 무인들을 향해 검기를 날리려 했다.

그러나 맹렬하게 달려가던 백의군의 머리 위로 한 남자의 그림자가 드리워졌다.

부우우웅—! 쿵!

두 명의 백의군을 짓뭉개며 나타난 중년인은 양손에 백의군의 머리를 움켜쥐고 땅에 처박았다.

"이 새끼들이 감히!"

노호성을 내지르며 나타난 중년인은 거대한 주먹으로 자신을 향해 날아드는 검을 으깨며 백의군의 가슴뼈와 심장을 동시에 꿰뚫었다.

"피, 피해! 권도마수다!"

순식간에 나타나 다섯 명의 백의군을 죽음으로 인도한 중년인, 권도마수 광암의 등장에 이범과 백건을 포함한 일행들이 터져나오는 미소를 감추지 못했다.

그 누구보다 든든한 원군이 그들의 앞에 등장한 것이다.

그뿐만이 아니었다. 권도마수와 함께 등장한 도원은 맹렬한 기세로 도를 휘두르며 백의군을 뒷걸음질하게 만들었다.

"괜찮으냐."

도원의 물음에 이범이 솔직하게 고개를 저었다.

"죽겠습니다. 그리고…….."

신형을 돌린 이범을 따라 시선을 움직인 광암은 쓰러져 있는 장혁을 발견했다.

그의 복부엔 기다란 구멍이 존재했고, 그 사이로 붉은 선혈이 흘러내렸다.

용천각주 도원은 장혁의 중상에 온몸을 떨며 분노했고, 이를 발견한 광암 역시 분노를 숨기지 못했다.

우드드득—!

광암의 두 주먹에서 기괴한 소리가 들렸다.

"지금부터 용천각원과 백도 무림의 무인들을 들으라."

"예."

"예!"

광암이 백의군을 향해 신형을 돌렸다.

권도마수의 두눈에는 형용할 수 없을 만큼 강렬한 살의가 담겼다.

"지금부터 백서문의 부하들을 남김없이 죽인다."

* * *

송월이란 사부 아래에 청성자라는 사형을 두었다.

그 두명의 무인은 자신 따위와는 비교도 할 수 없을 만큼 강했다.

특히나 검신이라 불리던 송월은 무림의 전설이었다.

정사대전을 승리로 이끌었고, 무인의 정점이라 일컬어지던 삼신 중 한명이었다. 그리고 청성자는 송월의 첫 제자로 청성파의 장문인이었다.

그러나 자랑스럽기 그지없는 청성파의 무인들 중 남겨진 건 자신뿐이었다. 백색으로 빛나기 시작한 백서문의 검이 운현을 짧게 베어왔다.

그의 검에서 뿜어져 나온 검기는 능히 땅을 가르고 두꺼운 나무를 두동강 내기에 충분했다.

운현은 땅을 박차며 백서문의 검기를 피하려 몸을 이리저리 움직였다. 푸른 잔상을 남기며 유려하게 휘둘러진 운현의 검은 백서문을 향해 푸른 검기를 쏟아부었다.

백서문의 백색검기과 운현의 푸른 검기가 허공에서 맞부딪쳤다.

"애송이가 한 재간 하는구나."

백서문은 운현을 향해 빠르게 다가갔고, 운현은 빠르게 다가오는 백서문을 향해 사선으로 검을 올려 벴다.

청명한 기운이 담긴 운현의 푸른 검강은 백서문의 턱을 노렸지만, 백서문은 검신으로 운현의 검을 쳐내며 뱀과 같은 움직임으로 운현의 오른편으로 다가갔다.

"흡!"

흡사 뱀을 연상케 하는 움직임을 보이던 백서문은 백검을 넓게 휘둘렀다.

그러자 부채꼴 모양의 검기가 운현의 목을 베어왔다.

두걸음 물러선 운현이 고개를 뒤로 젖혀 백서문의 검을 피했다.

뒤이어 거둬진 운현의 검이 밝은 푸른빛을 내뿜었다.

청월유성검(淸月流星劍) 비도회랑(飛濤回狼).

회오리치며 백서문의 검을 쳐낸 운현이 검을 높게 치켜들었다.

상천(上天).

높게 치켜든 운현의 검이 백서문의 정수리를 베었다.

그러나 백색으로 빛나는 백서문의 백검이 수십갈래로 나뉘며 운현의 공세를 막아냈다.

무려 수십 차례 운현의 검을 쳐대던 백서문의 검이 곡선을 그리며 운현의 목덜미를 노렸다.

"흐읍!"

목을 옅게 베인 운현은 고개를 젖히며 왼손으로 백서문의 가슴을 향해 내질렀다. 하지만 백서문이 빠르게 반응하며 왼팔로 운현의 왼손을 쳐냈다.

곧이어 운현의 검과 백서문의 검이 엄청난 속도로 맞부딪쳤다.

카가강—!!

눈 깜짝할 사이에 수십 차례에 이르는 공방을 나눈 운현과 백서문의 신형이 서로에게서 살짝 물러섰다.

"대단하군. 마치 송월의 어릴 적 모습을 보는 것 같아."

백서문은 뺨에 생긴 자상에서 흘러내리는 피를 엄지손가락으로 닦아냈다.

운현은 목에 생긴 상처와 오른팔목에 생긴 자상에서 피가 흐르자 이를 아무렇지 않게 털어냈다.

"내 스승의 이름을 입에 올리지 마라."

살벌한 운현의 목소리에 백서문이 어깨를 으쓱했다.

"이런… 내가 이래봬도 송월과 함께 정사대전을 승리로 이끌었다네."

"헛소리. 애초에 정사대전을 만든건 네놈이야."

"하하! 덕분에 무림맹이 유례없는 권력을 가지고 평화로운 나날을 보냈지. 네놈들은 그 평화의 산물이다. 내가 없었으면 너희들은 존재하지도 않았어."

뻔뻔하기 짝이 없는 백서문을 향해 운현이 다시 한번 검을 들었다.

더 이상 들을 가치가 없다고 생각했기 때문이다.

"나를 방해하지 말거라 나는 너희들보다 훨씬 더 값진 존재다. 내 이상과 대업은 네놈들 따위는 상상도 할 수 없는 가치를 지니고 있다. 이곳에서 한가로이 검무나 추고 있을 시간이 없단 말이야!"

"아니……."

운현의 검신이 다시금 푸르게 빛났다.

"넌 여기서 죽을 거다. 백서문."

"하. 무서워서 오줌을 지릴 것 같구나."

비아냥거리는 백서문을 향해 운현이 눈을 감았다.

싸움 도중에 눈을 감는 것은 자살행위나 마찬가지였으나 백서문은 눈을 감은 운현을 향해 쉽사리 다가갈 수가 없었다.

눈을 감은 운현의 모습이 마치 송월을 보는 것만 같았기 때문이다.

'왜 자꾸 송월의 모습이 보이는 거지?'

제 아무리 운현이 송월의 제자라고 하더라도 지금의 운현에게서는 송월 그 자체가 보이는 듯 했다.

전성기의 청성자도 해내지 못한 일이었다.

눈을 감은 운현은 과거로 돌아갔다.

그의 정신은 마교로 향했고, 그곳에서 본 송월의 마지막 검무를 떠올렸다.

믿을 수 없이 아름답고 유려했다.

바람을 가르되 요란하지 않았다.

대지에 선 검은 능히 하늘에 닿았으니.

검은 빨랐지만 성급하지 않았고, 조용함 속에 맹렬함을 담고 있었다. 별 아래에서 시작된 검무는 태양이 뜨고 나서야 끝이 났으니, 별을 새긴 검신엔 영혼이 깃들었다.

"발은 가볍되 몸은 무거워야 하며."

"뭐?"

여전히 눈을 감은 운현이 오른발을 가볍게 내디뎠다.

"검을 쥔 손은 부드럽되 강인함을 간직하고."

"뭘 중얼거리는 게냐."

자신을 향해 다가오는 운현이 부드럽게 검을 움직이자 백서문은 알 수 없는 불안감에 몸을 흠칫 떨었다.

"하늘을 닮되 오만하지 않아야 하며, 바람을 닮아 자유롭길."

"이젠 말로써 날 현혹시키려는 구나. 잠시나마 네놈을 검신과 비교한 내 자신이 한심스럽구나!"

백서문은 다가오는 운현을 향해 높게 뛰어올랐다.

그건 운현을 얕잡아봐서가 아니었다.

한걸음 한걸음 다가오며 점점 더 커져가는 운현의 존재감이 백서문을 조급하게 만들었다.

백월검(白月劍) 백리만상(白理萬象).

만월의 형태를 띤 백월의 검기가 운현을 덮쳤다.

그 순간 운현이 감았던 눈을 떴다.

"천자일도(天仔一道)."

뚝— 뚝—

백서문은 더듬거리는 손으로 자신의 얼굴과 몸을 매만졌다. 기분이 이상했다. 분명히 운현을 공격한 쪽은 자신이었다.

그런데 알 수 없는 청명한 기운이 자신을 뒤덮었다.

눈앞이 하얘진 백서문은 땅에 박혀 있던 자신의 검을 더듬거리는 손으로 쥐었다.

"쿨럭!"

피를 토해낸 백서문은 숨을 헐떡이며 가슴을 부여잡았다. 길게 찢겨나간 무복 사이로 진득하고 끈적한 붉은 액체들이 느껴졌다.

"쿨럭!"

쓰러진 것은 비단 백서문뿐이 아니었다.

검을 들고 서 있던 운현은 양 무릎을 동시에 꿇으며 바닥에 이마를 대고 피를 토했다.

"크으윽!"

운현의 수준을 훨씬 뛰어넘은 깨달음을 그의 몸이 감당하지 못한 것이다. 온몸이 부서질 것 같은 고통에 세상이 두개 혹은 세개로 나뉘기 시작했다.

귓가를 간질이는 바람소리는 가을의 선선함을 담은 산들
바람이 되었다가 갑자기 태풍처럼 몰아쳤다.

세상은 작아졌다 커졌다를 반복했고, 이럴 때마다 운현
은 속이 울렁거렸다.

손은 파르르 떨렸고 발가락은 펴지질 않았다.

두 명의 무인이 서로를 등지고 고통에 신음하고 있을 무
렵 백아연이 떨리는 눈동자로 백서문을 향해 다가갔다.

"아연…이더냐. 네 향기가 나는구나."

"오래 걸리셨습니다."

두 개의 은사가 백서문의 두 팔을 붙잡아 그를 들어올렸
다. 그리고 나머지 여덟 개의 은사가 백서문의 목과 가슴,
허리를 감쌌다.

개미새끼 한마리 죽일 힘도 남아 있지 않는 백서문을 죽
이는 것은 매우 쉬운 일이었다.

이제 손끝에 힘을 주어 은사를 잡아당기면 백서문은 사
지가 찢겨 죽게 될 것이다. 모든 악몽의 근원이자 끝을 눈
앞에 둔 백아연은 이를 악 물었다.

결단을 내려야 할 순간이었다.

"너는… 내가 가장 아끼던 손녀였지."

"어떤 말로도 절 멈추실 순 없습니다."

"알고 있다. 그때를 기억하느냐. 네 어미가 내 손에 죽던
날을……."

백서문을 감싸고 있던 은사가 점점 그의 몸을 파고들기
시작했다.

134

피부를 뚫고 근육을 잘라냈다. 곧이어 뼈를 자르고 백서문의 몸을 다섯 등분 하게 될 것이다.

온몸에서 피를 흘리던 백서문은 진한 미소를 지으며 핏기 어린 이를 드러냈다.

"이런 순간이 올거라 내 예상하고 있었지… 역시 넌 내 복덩이로구나 아연아."

"닥쳐!"

악몽을 끝내기 위해 백아연이 손끝에 힘을 주었다.

그 순간 백아연의 눈이 더할 나위 없이 커졌다.

백서문을 갈기갈기 찢을 거라 믿어 의심치 않았던 그녀의 은사들이 사방으로 펼쳐지며 백서문을 자유롭게 풀어준 것이다. 덕분에 자유의 몸이 된 백서문은 바닥에 주저앉으며 광소했다.

"하하하! 그래 사람을 무너뜨리는 데에 가장 쉬운 방법은 그 사람의 가장 소중한 것을 없애는 것이다. 네게 있어서 가장 소중한 이는 바로 네 어미였지."

"나한테 무슨 짓을 한거야!"

"모두에게 했던 짓."

백아연은 자신의 손과 발이 자신의 의지를 벗어났음을 직감했다. 그녀의 의지는 그녀의 것이었으나 몸은 그렇지 않았다. 마치 누군가의 조종을 받고 있는 듯 두손과 두발은 백아연의 의지를 벗어났다.

"하아… 훌륭하도다 송월의 제자여. 나를 이만큼이나 궁지에 내몬 것은 단명우 이후로 네가 처음이로구나."

두 팔을 땅에 대고 신형을 지탱한 백서문은 백아연을 향해 웃으며 말했다.

"그럼 마저 끝내거라 아연아. 네 할애비를 죽이려 했던 놈을 네 손으로 죽이거라."

"싫어!"

싫다는 외침과는 별개로 백아연의 몸은 멋대로 움직였다. 그녀의 손가락이 허공에 춤을 추고 은사는 화려하고 유려하게 펼쳐지며 바닥에 엎드려 있는 운현의 몸을 감싸기 시작했다.

천응사의 비늘을 엮어 만든 은사에 내력이 담길 경우 그 무엇도 잘라낼 수 있는 날카로운 무구가 된다.

그것은 신체를 극한으로 단련한 무인이라고 하더라도 마찬가지였다.

게다가 지금의 운현은 제대로 서 있는 것조차 힘들어하고 있었으니 백아연의 은사를 막아내거나 피하는 것은 불가능했다.

자신의 손끝에 운현의 목숨이 달려 있기에 백아연은 온 힘을 다해 자신의 몸을 지배하는 백서문의 목소리를 뿌리치려 했지만, 저항하면 할수록 운현의 목을 감싼 은사엔 힘이 들어가기 시작했다.

"안 돼! 제발… 제발!"

"어떠냐… 네 눈앞에서 어미를 잃었고, 이제는 네가 사랑하는 이를 네 손으로 죽여야 한다. 참 모진 인생이로구나 네년도… 하지만 걱정 말거라. 내가 네 기억들을 모두

136

지워주마. 그리고 너는 여생을 나를 위해 살아갈게다."

"제발 그만둬주세요. 운현을……."

"살려달라고? 하하하! 쿨럭! 그놈이 살아나면 내가 죽는데 내가 뭣 하러 그놈을 살려준단 말이냐."

'몸이 움직이질 않는다…….'

백아연의 몸을 지배하는 것과는 별개로 백서문은 자신의 몸이 움직여지질 않음을 느꼈다. 아무리 용을 쓰고 또 써봐도 손끝 하나 움직이는 것이 다였다.

운현이 마지막에 보여준 그의 검은 백서문의 영혼마저 잘라낸 것만 같았다.

'하지만 상관없다. 백아연이 운현 놈을 죽이고 나를 이끌도록 하면 괜찮겠지… 문제는 시간이다.'

눈속임으로 몇몇의 고수들을 마을에 묶어두었으나 그들이 언제 이곳으로 달려올지 몰랐다.

이 상태라면 삼류무인의 손에도 죽을 수 있었으니 최대한 빨리 이곳에서 벗어나야 했다.

"운현……."

"아…연."

운현은 힘겹게 고개를 돌려 백아연을 올려다보았다.

그녀는 울고 있었다. 굵직한 눈물을 끊임없이 흘리고 있었다. 그녀의 고운 볼을 타고 흐른 눈물은 계속해서 바닥을 적셨다.

"미안해요."

미안하다는 백아연의 사과에 운현은 눈을 감고 고개를

저었다.

'내가 죽는다 해도 백도 무림은 무너지지 않는다… 언젠가 백서문을 심판할 무인이 나타날 거야.'

자신의 최후가 사랑하는 이의 손에 이루어질 거라 생각지는 못했지만 운현은 겸허히 자신의 최후를 받아들였다. 목을 조여 가는 은사는 멈출 줄 몰랐다.

곧 운현의 목은 은사에 의해 잘려나가게 될 것이다.

"울지… 마…….."

울고 있을 백아연을 위해 눈을 뜨고 울지 말라는 말을 하려던 운현은 핏물을 토해내는 백아연을 발견하곤 눈을 크게 떴다.

"미안…해요."

곱디 고운 그녀의 얼굴은 시꺼멓게 변했고, 눈은 잔뜩 충혈 되었다.

곧이어 백아연의 신형이 천천히 뒤로 넘어갔다.

"하. 미친년."

힘없이 바닥에 쓰러진 백아연을 향해 백서문이 고개를 절레절레 저었다.

"주화입마를 일으키다니 멍청하기는."

제 몸에 대한 통제권을 잃은 백아연이 운현을 구하기 위한 선택으로 스스로 주화입마를 일으켰다.

가벼운 주화입마 정도는 무인 간의 싸움 도중에 간간히 일어나곤 했지만, 현재 백아연의 주화입마는 달랐다.

백서문의 사술에서 벗어나기 위하여 단전 내의 모든 내

공을 한순간에 폭발시킨 것이다.

이 때문에 내공의 통로라 할 수 있는 기혈이 터져나갔고, 혈도가 찢어졌으니 몸속에서 내공이란 이름의 폭탄을 터트린 거나 다름없는 행동이었다.

"백소저⋯⋯."

운현은 바닥에 쓰러져 있는 백아연을 위해 할 수 있는 것이 아무것도 없었다.

자신의 몸을 일으키는 것조차 불가능했다.

"우스운 꼴이구나. 너나 나나 죽음을 기다리는 입장이니."

이대로 시간에 계속해서 흐르게 되면 운현도 백서문도 죽음을 면치 못한다는 것이 자명했다.

지혈을 할 수 없는 몸에선 끊임없이 피가 흘렀고, 움직여지질 않는 몸은 마치 돌처럼 굳어버린 듯 꿈쩍도 하지 않았다.

위대한 야망을 품고 중원의 두번 다시 없을 혼란을 일으킨 악인(惡人)의 최후 치고는 다소 허무한 최후라 할 수 있었다.

"맹주님!"

백서문의 눈이 번쩍였다.

마차를 가지고 앞서갔던 무인이 마차를 눈에 띄지 않는 곳에 숨겨둔 후 백서문을 찾아 온 것이다.

'옳거니!'

죽으라는 법은 없었을까. 자신을 찾아온 백색무복의 무

인을 향해 백서문이 다급히 외쳤다.

"나를 부축하거라!"

"어찌 된 겁니까. 괜찮으십니까?"

"지금은 그런걸 따질 때가 아니다. 어서 이곳을 벗어나
야 한다."

만신창이라는 말로는 부족할 만큼 이곳저곳이 피폐해질
대로 피폐해진 백서문을 한쪽 어깨로 부축한 무인은 백아
연의 앞에 엎드려 있는 운현을 바라보며 말했다.

"저자를 이대로 두고 가도 괜찮겠습니까?"

"저대로 둬도 알아서 죽을 놈이다. 지금은 저런 놈을 신
경 쓸 때가 아니니 어서 가거라."

"아, 알겠습니다."

무인은 백서문을 부축한 채 마차가 있는 곳을 향해 천천
히 걸어갔다. 마음 같아선 백서문을 둘러멘 후 달려가고
싶었지만, 백서문의 상태가 생각보다 심각하여 무인은 조
심스럽게 움직일 수밖에 없었다.

터벅— 터벅— 터벅—

발걸음이 점점 멀어진다.

많은 벗들의 희생을 통해 백서문을 죽이기 위해 왔다.

하지만 운현은 실패하고 말았고, 백아연은 주화입마에
빠져 언제 죽을지 모르는 상황에 처해 있었다.

백서문이 도망친다. 운현은 따라갈 수 없다.

모든 것을 희생하고 모든 것을 쏟아 부었지만, 기필코 죽

여야 하는 존재를 죽이지 못했다.

　그가 멀어진다.

　"오랜만이구려. 백서문."

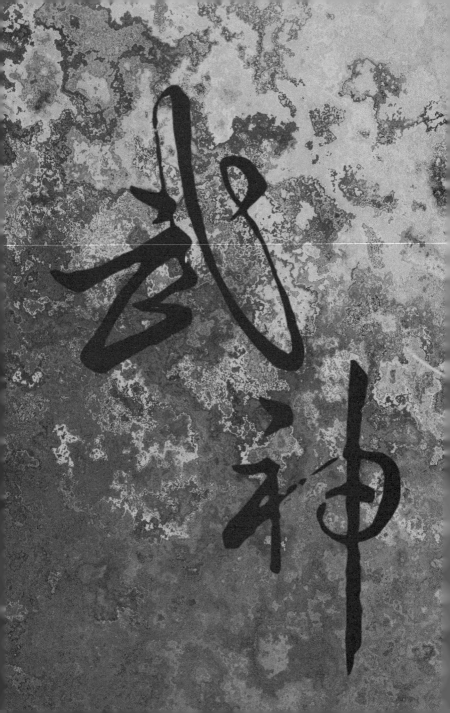

열 그리고 열한 번째 걸음

　"너는⋯⋯."

　백서문은 자신의 앞에 선 자를 바라보며 두눈을 부릅떴다.

　상상도 하지 못했던 존재가 자신의 앞에 나타난 것이다. 그것도 검을 든 채.

　"오랜만이구려. 백서문."

　"송월."

　송월이라는 이름이 백서문의 입을 통해 흘러나오자 그를 부축하고 있던 무인의 몸이 딱딱하게 굳었다. 긴장 때문이다.

"긴장하지 마라. 저놈은 이젠 검신도 뭣도 아닌 힘없는 늙은이일 뿐이야."

"아, 알겠습니다."

만상을 통해 송월이 더 이상 과거의 검신이 아니라는 것을 전해들은 백서문은 갑작스러운 송월의 등장에도 애써 여유로운 표정을 지었다.

만약 송월이 과거 검신이라 불리던 그 모습 그대로였다면 백서문과 그를 부축한 무인은 숨조차 쉬지 못했을 것이다.

"네놈이 허세를 부리려는 모양인데 소용없다! 나는 괜찮으니… 어서 저 노인을 죽여!"

백서문의 무인은 허리춤에 매여 있던 검집에서 검을 뽑아내며 백서문을 조심스럽게 자리에 앉혔다.

그러자 송월이 자신의 앞에 선 검사를 향해 물었다.

"이름이 무엇이냐."

"그건 왜 궁금하시오?"

"어쩌면 서로가 생애 마지막 만남일지도 모르는데 통성명 정도는 해야 하지 않겠느냐."

머뭇거리던 검사는 조심스럽게 검을 들어올리며 퉁명스럽게 말했다.

"사람들은 나를 장건이라 부르오."

"장건이라 좋은 이름이로군."

스윽—

장건이라 자신을 지칭한 검사는 발을 넓게 벌리며 내공

을 끌어올렸다.

그러자 그의 검이 밝은 빛을 발하기 시작했는데 이는 장건이 검기상인의 경지에 다다른 무인이라는 것을 뜻했다.

"좋은 자세다. 넓게 벌린 두발과 허리 높이로 들어올린 검. 공격이든 방어든 자유롭게 행할 수 있지."

"내 개인적으로 검신을 존경하나 나의 주군을 위해 당신을 죽일 수밖에 없소. 그러니 날 이해해 주시오."

"걱정 말게나. 자네는 나를 죽일 수 없을 테니."

"그게 무슨……."

송월이 검을 천천히 들어올렸다.

그 순간 주변일대가 송월의 존재감으로 가득 찼다.

그와 정면으로 마주선 장건은 몸을 덜덜 떨었고, 손끝하나 움직일 수가 없었다.

존재하는 그 무엇보다도 날카로운 검.

검을 든 송월은 검(劍) 그 자체였다.

'이럴 수가! 만상! 내게 거짓정보를 넘긴 거냐!'

주변을 장악하는 송월의 기세가 심상치 않자 백서문은 어떻게든 이곳에서 벗어나려 애썼다.

움직여지질 않는 손과 발을 억지로 움직였고, 그럴 때마다 정신이 아득해져 오는 고통이 온몸에 엄습해왔지만 백서문은 이를 악물었다.

한편 송월의 앞에 선 장건은 몸을 벌벌 떨다가 등을 돌려 백서문을 일으켜 세웠다.

"제, 제가 도와드리겠습니다."

"멍청한 놈! 너는 송월에게서 눈을 떼지 말아야지!"

장건이 자신을 도우려 왔다는 사실에 격분하던 백서문은 송월이 움직이지 않고 있음을 깨달았다.

뭔가 이상했다.

'송월 정도면 이놈과 나는 진즉에 목숨을 잃었을 게다. 그런데 왜?'

송월이 기세는 태산을 가득 메울 정도로 강대했지만, 정작 송월은 움직이질 않았다.

들어올린 검도 휘두르지 않았다. 그저 가만히 서 있을 뿐.

"아… 하하하. 그럼 그렇지. 만상의 말이 사실이었구나. 송월 네놈이 정상이 아닌게 분명해. 지금 기세를 끌어올리는 것이 네 한계다. 하하하! 그래 이 몸이 여기서 끝날 리없지. 가족을 버리고 내 모든 것을 희생하여 이곳에 섰다. 나는 아직 끝나지 않았다! 단명우 놈의 사술과 만상의 흡기공을 이용한다면 언젠가 중원은 내 것이 될 것이다."

단명우에게서 얻어낸 마교의 비술과 만상에게서 얻어냈던 흡기공.

그리고 자신이 가진 책략들이라면 시일이 오래 걸릴지라도 언젠가 중원을 손에 넣을 수 있을 거라 생각한 백서문은 힘겹게 장건의 어깨에 손을 올리고 말했다.

"송월을 죽여라. 저놈은 가만히 서 있는 것밖엔 아무것도 할 수 없는 허수아비에 불과하니."

"알겠…습니다."

아무것도 할 수 없는 노인이자 한때 자신의 우상과도 같았던 송월을 죽이라는 백서문의 명령이 마음에 들지는 않았으나 장건은 자신의 주군을 위해 검을 들었다.

그때 송월이 부드러운 미소를 짓자 백서문이 조소했다.

"빌어먹을 청성파 놈들! 오늘 네놈을 끝으로 청성파는 중원의 역사에서 사라지고 말 것이다."

"그럴 일은 없을 걸세."

"하하! 부정해도 소용없다. 청성파의 장문인은 아무짝에도 쓸모없는 놈을 살리고자 죽었고, 청성파의 상징인 네놈은 오늘 이곳에서 내 손에 죽임을 맞이할 것이다. 청성파는 내 손으로 끝난단 말이다!"

"청성은 사라지지 않을 거야. 그 이유는 청성자가 살린 것은 아무짝에도 쓸모없는 놈이 아니라… 청성의 미래였으니까."

"헛……."

자신을 향해 부드러운 미소를 짓고 있는 송월을 마주 바라보던 백서문이 입을 살짝 벌렸다.

잠시 잊고 있던 운현의 존재를 이제야 깨달은 것이다.

'설마……!'

백서문의 고개가 홱 하고 돌아갔다.

그의 시선이 향한 곳은 백아연과 운현이 쓰러져 있던 곳.

하지만 그곳에는 주화입마에 빠져 쓰러져 있는 백아연밖에 없었다.

"아… 안 돼!"

백서문이 비명을 질렀고, 그의 비명에 맞춰 장건의 고개가 돌아가는 순간 어디선가 날아든 푸른색의 검신이 백서문과 장건의 목을 동시에 잘라냈다.

휘이익— 툭— 툭!

입을 벌린 채로 굳어버린 백서문의 얼굴이 바닥을 나뒹굴었다.

목을 잃은 백서문의 몸은 울컥거리는 피를 토해내며 바닥에 허물어졌다.

그의 옆에는 운현이 비틀거리는 몸과 바들바들 떨리는 손으로 검을 쥐고 서 있었다.

운현은 천천히 고개를 돌려 바닥에 널브러진 백서문의 얼굴을 바라봤다.

희대의 악인이자 희대의 천재.

중원에 두번 다시 없을 재앙을 몰고 온 백색의 악마가 드디어 목숨을 잃은 것이다.

그러나 운현의 표정은 어둡기만 했다.

그는 비틀비틀 걸어가 백아연의 앞에 무릎을 꿇었다.

"백…소저."

주화입마에 빠져 있는 백아연의 얼굴은 시꺼멓게 죽어 있었고, 그녀의 고운 피부 위로 두꺼워진 혈관들이 튀어나와 있었다.

백아연은 죽어가고 있었다.

운현은 그녀를 눈앞에 두고도 할 수 있는 것이 아무것도 없었다.

"수고했단다. 네 손으로 결국… 끝을 이뤄냈구나."

"스승님. 백소저가 죽어갑니다. 그런데 제가 할 수 있는 일이 아무것도 없습니다."

"청성자와 마찬가지로 넌 내 자랑이란다."

"스승님. 백소저가… 그녀가 죽어갑니다. 살릴 수가 없어요."

눈물을 흘리며 슬퍼하는 운현의 머리 위로 따스한 온기가 담긴 송월의 손바닥이 닿았다.

그는 자신의 따스한 손길로 운현의 머리를 부드럽게 쓰다듬었다.

"너는 청성의 미래란다."

"스승님……."

밝은 웃음이 담긴 얼굴로 운현을 내려다보던 송월은 백아연의 옆에 가부좌를 틀고 앉았다.

이 모습을 지켜보던 운현은 저도 모르게 고개를 떨군 후 잠들어 버렸다.

"이놈들!"

오십명에 달하던 백의군은 이제 다섯명으로 줄었다.

그들의 앞에 선 광암과 도원은 이곳저곳에 크고 작은 상처들을 지니고 있었고, 이는 그의 뒤에 서 있던 용천각원과 화설중 일행도 마찬가지였다.

하지만 뒤늦게 도우러 온 담백과 설영 그리고 혁우린 등의 등장으로 백의군을 빠르게 무너져 내렸다.

결국 모든 백의군이 목숨을 잃고 쓰러지자 용천각원과 화설중 일행은 무너지듯 바닥에 쓰러졌다.

"백서문은 어디로 갔는지 알고 있느냐."

"운현과 백소저가 쫓으러 갔습니다."

바닥에 주저앉은 화설중이 운현과 백아연이 달려간 곳을 향해 손짓하자 광암과 혁우린 그리고 담백이 화설중이 가리킨 방향을 향해 달려갔다.

"살 수 있을까요……."

간절함이 담긴 장현의 물음에 설영이 고개를 끄덕였다.

"지혈이 빨리 됐고, 주요 장기들을 빗겨간 덕에 죽진 않을 거다. 다만."

"다만…이라뇨?"

죽은 듯이 쓰러져 있는 장혁을 돌보던 설영이 장현을 향해 무심한 얼굴로 입을 열었다.

그의 말을 들은 백하언과 장현 그리고 나머지 일행들의 얼굴이 딱딱하게 굳어졌다.

장현은 장혁의 몸 위로 무너지듯 쓰러졌다.

한편, 백서문을 쫓아 달려온 광암과 담백 그리고 혁우린은 저 멀리서 쓰러져 있는 운현과 백아연을 발견했다.

"운현!"

광암이 재빨리 달려온 그곳에는 잠을 자는 듯 평온한 얼굴로 누워 있는 백아연과 그녀의 옆에 쓰러져 있는 운현 그리고 가부좌를 튼 채 앉아 있는 송월이 있었다.

"다행히 운현은 살아 있고, 백아연도 괜찮은 것 같군."

"여기 백서문의 시체다! 아무래도… 운현과 백아연이 성공한 모양이군."

"드디어!"

백서문의 시신을 발견한 혁우린과 담백이 기뻐했고, 덩달아 기쁜 표정을 짓던 광암은 가부좌를 틀고 앉아 있는 송월과 마주앉아 그의 어깨를 붙잡고 말했다.

"형님!"

그런데 뭔가 이상했다.

눈을 감은 채 가부좌를 틀고 앉아 있던 송월이 아무런 반응도 보이질 않는 것이다.

"형…님?"

광암은 자신의 심장이 쿵쾅거리고 뛰고 있음을 느꼈다.

불길한 예감이 엄습해왔지만, 광암은 애써 고개를 저으며 불길한 예감을 부정했다.

"형님 눈을 떠 보십시오. 형님… 송월 형님!"

계속되는 광암의 부름에도 송월은 눈을 뜨지 않았다.

숨을 쉬지 않았으며, 그의 심장은 멈춰진 채 움직이질 않았다.

"형님!"

광암의 공허한 외침이 태산을 가득 울렸다.

* * *

"이게 대체 뭐야……?"

태산의 정상에 도착한 단서연은 거대한 공동(空洞)을 발견하곤 인상을 찡그렸다.

깊이를 가늠할 수 없는 공동 속엔 어둠만이 가득했다.

"설마."

무연이 공동에 빠진 것은 아닐까 걱정하던 단서연은 마른침을 삼키며 주먹을 말아쥐었다.

어둠만이 가득한 공동 속은 발도 딛기 싫을 정도로 불길했지만, 무연이 있는 곳이라면 단서연은 그곳이 어디든 기꺼이 들어갈 준비가 되어 있었다.

그때 거대한 공동 속에서 형용할 수 없는 강대한 기의 충돌이 느껴졌다.

태산 전체를 흔들 만큼 강력한 힘의 충돌.

단서연은 무연과 흑의인이 깊고 어두운 공동 속에서 싸움을 벌이고 있음을 단번에 알아차렸다.

'어떻게 해야 하지.'

공동을 내려가는 것은 불가능한 것만은 아니었다.

속도는 느릴지라도 천천히만 내려가면 공동을 내려갈 순 있었다.

하지만 문제는 자신의 존재가 무연에게 방해가 될 수도 있다는 점이었다.

망설이던 단서연은 숨을 크게 들이마시고 내쉰 후 공동을 천천히 내려갔다.

* * *

콰르르릉—!

깊고 어두운 공동 속에서 은백색의 기운과 칠흑처럼 어두운 기운이 쉴 새 없이 부딪쳤다.

언제 무너져도 이상하지 않을 공동 속에서 두 남자는 서로를 죽이려 달려들었고, 그들의 신형이 어지럽게 부딪칠 때마다 거대한 공동이 몸을 떨며 신음했다.

쿵—!

거대한 바위덩어리가 바닥에 떨어져 으깨졌다.

그 사이로 무연과 단명우가 모습을 드러내며 서로를 향해 주먹과 검을 휘둘렀다.

꽈앙—!

바닥에 떨어져 내린 바위덩어리의 조각들이 산산조각 나며 사방으로 흩어졌다.

무연과 단명우의 싸움으로 생겨난 충격파가 주변의 모든 것을 박살내는 중이었다.

무연은 열한번째 걸음을 내디뎠다.

온몸의 내력이 한꺼번에 주욱 빠져나가는 느낌이 들었지만, 무연은 멈추지 않았다.

'더 빨라졌군.'

무연을 마주하고 있던 단명우는 무연의 신형이 더욱 빨라졌음을 깨달았다.

비단 빠른 속도뿐만이 아니었다.

눈 깜짝할 사이에 눈앞에 나타난 무연이 주먹을 일직선
으로 내질렀고, 그의 주먹에선 단명우조차 막을 수 없는
기운이 담겨 있었다.

"흐읍!"

신형을 낮추며 옆으로 몸을 날린 단명우는 검신으로 땅
바닥을 쓸며 신형을 일으켰다.

'함부로 막았다간 뼈도 못 추리겠군.'

방금까지만 해도 단명우가 서 있던 대지는 둥글게 움푹
패여 있었다.

이는 강력한 힘에 의해 움푹 패인 것이 아니라 소멸에 가
까운 파괴였다.

제자리에 선 단명우는 검을 들어 올렸고, 그의 검신에서
묵색의 기운이 여덟갈래로 뿜어져 나왔다.

단명우는 검을 들고 신형을 날렸다.

다가오는 단명우의 신형이 다섯개로 나뉘어져 사방으로
흩어지자 무연은 양 주먹을 아래로 내리깔았다.

'진짜는 정면.'

다섯갈래로 나뉜 단명우의 신형은 모두 허상이었다.

진짜는 정면을 향해 똑바로 달려오는 단명우.

그는 검을 들어 무연을 향해 휘둘렀다.

그의 검신에서 날아든 여덟갈래의 묵기(墨氣)는 무연의
몸을 물어뜯어 찢어발길 듯 달려들었고, 무연은 가장 먼저
다가온 두개의 묵기를 주먹으로 내리찍었다.

허무하리만큼 손쉽게 터져나간 묵기는 바닥에 흩뿌려지

며 터져나갔고, 나머지 여섯개의 묵기가 무연의 몸을 감쌌다.

'이 정도론 어림도 없지.'

제자리에 멈춰선 단명우는 검을 머리 위로 높게 치켜들었다.

그러자 검신에서 튀어나온 일곱갈래의 묵기가 하나로 합쳐지며 길쭉한 묵색 검강을 만들어냈다.

단명우는 여섯갈래의 묵기에 휩싸인 무연을 향해 검을 내려 벳다.

여섯갈래의 묵기가 동시다발적으로 터졌다.

커다란 기의 폭발과 함께 베어든 묵색 검강이 대지에 기다란 상흔을 새겼다.

'없다.'

손끝에서 아무런 감촉도 느껴지지 않자 단명우는 고개를 좌우로 돌리며 뒷걸음질했다.

그 순간 연기처럼 나타난 무연이 단명우의 목덜미를 향해 오른발을 내리찍었다.

기민하게 반응한 단명우는 검신을 들어 무연의 발등을 막아냈다.

콰드득—!

엄청난 중압감에 두 발목이 땅에 깊숙이 박혀들어간 단명우는 고통을 느낄 새도 없이 허리를 뒤로 젖혔고, 그 사이로 무연의 주먹이 내질러졌다.

강권의 기운이 담긴 무연의 주먹은 단명우의 상의 무복

을 찢어발기며 허공을 때렸다.

간발의 차이로 무연의 강권을 피한 단명우는 땅속에서 발을 뽑아냄과 동시에 검을 무려 열다섯번을 휘둘렀다.

그의 검에서 뿜어진 검은색의 검기가 무연을 사방에서 몰아쳤다.

'흐읍!'

사방에서 몰아치는 검기의 폭풍에서 겨우 빠져나온 무연은 두 팔에 새겨진 크고 작은 자상들을 돌아보았다.

웬만한 힘으로는 흠집조차 낼 수 없는 무연의 호신강기가 단번에 뚫린 것이다.

이는 단명우의 힘이 무연의 호신강기를 상회한다는 뜻임과 동시에 무연의 내공이 서서히 바닥나고 있다는 뜻이었다.

'시간이 별로 없다.'

눈을 뜨고 난 이래로 가장 고질적인 문제는 내공이 부족함이었다.

전성기 때의 삼할에 불과한 내공은 동급의 무인과의 싸움에서 매우 불리하게 작용했다.

장기전이 불가능하며 같은 힘을 쏟아 부었을 때 먼저 지치는 쪽은 무연이었다.

지금까지는 적은 내공으로도 자신의 적을 찍어 누를 만큼의 힘이 있었지만, 단명우는 달랐다.

그는 강했고, 전성기 시절의 무연과 비슷한 힘을 지니고 있었다.

"호신강기가 힘을 잃고 있다는 것은 네 내공이 바닥을 드

러내고 있다는 뜻이지."

반원을 그리며 검을 고쳐 쥔 단명우가 무연을 향해 다가섰다.

"하긴 네게 승패는 별로 중요하지 않지. 어차피 이곳을 너와 나의 무덤으로 만들 생각일 테니."

"아무렇지도 않아 보이는군. 지금까지 네가 쌓아온 모든 것이 사라질 텐데."

"두려움이나 슬픔, 후회 따위는 느끼지 못하니까. 그리고 어차피 넌 내 손에 죽는다. 이곳은 내 무덤이 될 수 없어."

"아니 너와 난 여기서 죽는다."

무연이 주먹을 양쪽으로 휘둘렀다.

그러자 은백색의 권기가 일직선으로 뻗어나가 공동의 벽을 후려쳤다.

가뜩이나 아슬아슬하게 버텨가던 공동의 벽들이 천천히 허물어지기 시작했다.

"글쎄 과연 그럴 수 있을까. 이곳엔 너와 나만 있는게 아닐 텐데."

고개를 왼쪽으로 기울인 단명우의 담담한 목소리에 무연의 시선이 저절로 뒤를 향했다.

그곳엔 역천검을 지지대 삼아 공동에 내려온 단서연이 있었다.

그녀는 검을 뽑아내며 공동의 바닥에 내려선 뒤 무연과 단명우를 동시에 바라봤다.

"무연."

자신을 부르는 단서연의 외침에 무연의 시선이 저절로 단명우를 향했다.

절대로 만나선 안 될 만남이 두번씩이나 이뤄지고 있었다.

처음엔 강시가 된 단각과 단서연의 만남.

이번엔 죽은 줄만 알았던 단명우와 단서연이 만나게 되었다.

진실을 덮어두려고 했던 무연은 단서연에게 다가가려 했지만, 단명우가 이를 저지했다.

그는 검을 들어 무연이 함부로 움직이지 못하게 했다.

"그러면 안 되지 무소월. 저 여인은 진실을 찾기 위해 지금껏 노력해왔다. 네가 그 노력을 허사로 만들면 안 되지."

"진실……?"

단서연이 복잡한 눈빛으로 단명우와 무연을 번갈아 바라봤다.

그녀는 진실을 알고 싶어 하는 눈빛이었고, 무연은 진실을 덮어두고 싶어 했다.

그때 단명우가 단서연의 위아래를 훑으며 말했다.

"어릴 땐 몰랐지만, 지금 보니… 유란과 꼭 닮아 있구나."

유란의 이름이 단명우의 입술을 비집고 튀어나오자 단서연의 얼굴이 한순간에 굳어졌다.

"네가 그 이름을 어떻게 알고 있지."

북해의 서릿발처럼 차가운 단서연의 목소리에 단명우가 어깨를 으쓱이며 무연을 바라봤다.

무연은 단서연을 향해 소리쳤다.

"듣지마. 저놈은 백서문에게 사술을 가르친 녀석이다. 네게 어떤 술수를 부릴지 몰라."

"백서문을……?"

자신의 앞에 선 흑의인이 백서문에게 사술을 가르친 자라는 것을 알게 된 단서연은 마른침을 삼키며 역천검을 들어올렸다.

그녀는 정신을 집중하면서도 흑의인의 말을 흘려들으려 했다.

하지만 곧이어 들려오는 흑의인의 말은 단서연의 노력을 허사로 만들었다.

"유란은 눈이 예뻤지. 너도 그러하구나. 나의… 딸아."

단명우의 말을 들은 단서연의 시선이 불안하게 떨렸다.

그녀는 어쩔 줄 몰라 하며 무연과 단명우를 쉴 새 없이 번갈아봤다.

"오랜만이다. 네 이야기는 무소월에게 들었다. 나의 죽음에 대한 진실을 찾으려 했다지."

"그게 무슨 말이야. 내가 네 딸이라니?"

"단서연!"

혼란스러워 하는 단서연을 향해 달려가려던 무연은 검을 들어올리는 단명우의 행동 탓에 함부로 움직일 수가 없었다.

단명우가 노리는 것은 자신이나 단서연이 아니었다.

그는 벽을 향해 검끝을 겨누고 있었는데 그가 마음만 먹으면 태산을 무너뜨릴 수 있었다.

원래라면 이곳을 자신과 단명우의 무덤으로 삼으려 했기에 단명우가 벽을 무너뜨리든 말든 신경 쓰지 않았을 테지만, 단서연이 나타난 이상 그녀가 이곳을 벗어나기 전까진 태산을 무너뜨릴 수 없었다.

무연이 몸을 움직일 수 없자 단명우가 단서연을 향해 입술을 뗐다.

"내 이름은 단명우. 단각의 외동아들이자 네 아버지다."

"닥쳐! 내 아버지는 죽었다. 내 할아버지인 단각과 어머니께서 그의 죽음을 확인했다. 네놈의 그딴 헛소리를 믿을 것 같으냐!"

고개를 저으며 부정하는 단서연을 향해 단명우가 검끝에서 묵색의 기운을 끌어올렸다.

"내가 지닌 검법은 묵린연무검. 이것이 누구의 검법인지 혹시 알고 있느냐."

"뭐……?"

단서연이 묵린연무검법에 대해 모르는 것 같자 단명우의 시선이 무연을 향했다.

"네놈은 알고 있을 테지. 묵린연무검법이 누구의 검법인지."

단명우의 물음에 무연이 아무 대답도 하지 못하자 단서연이 무연을 향해 물었다.

"무연… 이게 대체 무슨 상황이야?"

"서연. 여기서 당장 나가."

"무슨 상황이냐고!"

발악하듯 들려오는 단서연의 외침에 무연이 짤막한 한숨을 내쉰 후 단서연을 바라봤다.

"네 앞에 서 있는 남자의 이름은 단명우. 그가 가진 검법은 묵린연무검법으로 단각이 자신의 아들을 위해 만든 검법이다."

"그 말은……."

"그래 네 앞에 서 있는 것은 단명우가 맞다."

죽었을 거라 굳게 믿었다.

그의 죽음으로 정사대전이 일어났고, 단각이 죽었으며, 자신의 어머니인 유란이 목숨을 끊었기 때문이다.

믿을 수 없는 상황에 단서연이 고개를 저으며 뒷걸음질했다.

"당신은 죽었어… 아니 죽어야 했어."

단서연이 눈물을 흘리며 단명우를 향해 말했다.

"당신의 죽음이 정사대전을 만들었고, 수많은 무인들이 목숨을 잃었어. 그중엔 나의 할아버지인 단각이 있었고… 그의 죽음이 마교의 패배로 이어졌어. 그 때문에 어머니는 자결을 했고."

"그래 그런 일이 있었지."

"그런데 이제 와서… 사실은 살아 있었다고?"

"나의 대업을 이루기 위해서는 그래야 했다. 물론 네 옆에 있는 무소월 때문에 나의 대업이 차질을 빚었지만 이모든 것은……."

"닥쳐!"

역천검을 들어올린 단서연이 눈물을 흘리며 소리쳤다.

곧이어 단서연이 들고 있던 역천검이 검붉은색으로 불타올랐다.

적마검이 발현된 것이다.

"적마검인가."

"무엇 때문에! 왜! 네 대업이 뭐라고 가족들을 죽음으로 내몬 거야!"

"넌 이해할 수 없을 거다."

"이해할 생각 없어."

툭—

단서연의 신형이 빠른 속도로 단명우를 향해 달려들었다.

하지만 번개처럼 나타난 무연이 단서연과 단명우의 사이에 끼어들었고, 그는 단서연의 역천검을 붙잡았다.

"비켜!"

"물러서."

"제발 비켜! 저 새끼는 내가 죽여 버릴 거야!"

무연의 손바닥을 파고든 역천검에서 피가 흘러내렸다.

호신강기나 내력을 끌어올리지 못한 무연의 맨손이 적마검이 발현된 역천검을 막을 수 있을 리가 없었다.

당장에라도 잘려나갈 것 같은 손으로 역천검을 쥔 무연은 단서연을 향해 고개를 저었다.

"나를 믿어."

"저 새끼는… 나는 뭘 위해……."

역천검에 들어간 힘이 점차 줄어들자 무연이 역천검을 놓고 단서연을 끌어안았다.

　떨려오는 단서연의 몸이 오늘따라 매우 가녀리게 느껴졌다.

　"여긴 내게 맡겨."

　단서연의 이마에 가볍게 입을 맞춘 무연이 신형을 돌려 단명우를 마주했다.

　"우습게 됐군. 안 그런가?"

　"그래."

　태산을 무너뜨려 이 거대한 공동을 자신과 단명우의 무덤으로 만들려던 무연의 계획은 수포로 돌아갔다.

　단서연이 이곳에 있는 동안은 절대로 태산을 무너뜨릴 수 없었다.

　그리고 그녀를 살려 보내기 위해서는 어떻게든 단명우를 쓰러뜨려야 했다.

　"너나 나나. 서로를 죽일 수밖에 없게 되었군."

　"단서연은 건들지 마라."

　"내가 건들지 못하게 하면 되겠지."

　"네 말이 맞다. 단명우."

　무연의 신형이 조용한 바람소리와 함께 사라졌다.

　단명우는 자신이 마주하고 있던 무연의 기세가 조금 전과는 차원이 다르다는 것을 깨달았다.

　'드디어 시작된 건가?'

　지금까지는 단전의 남아 있던 내공을 운용하여 싸우던

무연이 드디어 자연의 기운을 품에 안고 싸우기 시작한 것이다.

그리고 그 힘은 단명우의 상상을 뛰어넘었다.

조용한 바람소리와 함께 나타난 무연은 평소보다 느린 속도로 주먹을 내질렀는데 단명우는 여느 때와 같이 검신으로 무연의 주먹을 빗겨낸 후 반격을 노렸다.

그러나 무연의 주먹에 단명우의 검신이 닿는 순간 단명우의 신형이 바닥에 움푹 박혀들어갔다.

'이 중압감은…….'

무연의 주먹에 담긴 힘은 능히 태산과도 같았다.

닿는 순간 빗겨내기는커녕 막아내는 것조차 힘들었으니 바닥에 박힌 신형은 꿈쩍도 하지 않았다.

뒤이어 무연의 두번째 주먹이 단명우의 복부를 향해 날아들었고, 단명우는 온몸의 내력을 끌어올렸다.

까앙—!

단명우의 검과 무연의 두번째 주먹이 맞부딪쳤고, 바닥에 박혀 있던 단명우의 신형이 부웅 떠올라 엄청난 속도로 날아갔다.

"크윽!"

두 다리로 날아가는 신형을 바로잡으려 한 단명우는 어느새 자신의 왼편에 나타난 무연의 발길질을 피하려 허리를 숙였다.

콰가가강—!!

대지에 거대한 상흔이 새겨졌다.

만약 피하지 못했다면 단명우의 허리는 두동강 났을게 분명해 보였다.

쿵쿵—! 태산이 무너지기 시작했다.

벽엔 균열이 생기고 흙더미가 흘러내릴 무렵 상상을 초월하는 무연의 힘을 온몸으로 견식한 단명우가 온몸을 긴장시켰다.

'이것이 무신의 단계.'

혼천진기를 뛰어넘은 그 이상의 단계.

무신이라 불리던 존재가 이뤄낸 무의 정점을 눈앞에서 마주한 단명우는 조금의 실수나 망설임이 죽음으로 이어진다는 것을 뼈저리게 느꼈다.

그는 신형을 오른쪽으로 튕기며 일어섰고, 그와 동시에 검을 들었다.

곧이어 묵색의 검강이 길게 뻗어나갔다.

"너는 왜 나와 같으면서도 다른 거지. 아니, 넌 나보다 진화한 인간이다. 감정을 자유자재로 조절할 수 있지. 네겐 약점이 존재하지 않아. 어떻게 그럴 수 있게 된거지?"

단명우의 물음에 무연이 그의 앞에 모습을 드러내며 대답했다.

"나는 진화한 것도 그렇게 태어난 것도 아니다."

무연의 주먹 쥔 손이 단명우의 어깨를 내리찍었다.

단명우는 이를 피할 수 없음을 깨닫고 묵색의 검강을 무연의 공격에 맞서 휘둘렀다.

무연의 주먹 쥔 손과 단명우의 검강이 서로를 향해 맹렬히 달려들었다.

꽈앙—!

단명우의 신형이 바닥을 수십 차례 구르며 날아갔고, 크게 피어오르는 먼지구름 사이로 무연이 천천히 걸어나왔다.

"쿨럭!"

어깨에서 느껴지는 강렬한 통증을 뒤로 한 채 자리에서 일어난 단명우가 무연을 마주했다.

"그럼 어떻게 감정을 조절하는 거지?"

"그렇게 훈련받았으니까."

"훈…련?"

"나는 태어났을 적부터 감정을 느끼지 못하도록 훈련받았다. 임무를 수행함에 있어서 어떠한 변수도 생기지 않게 하기 위함이었지."

세상에 알려지지 않은 무신의 이야기가 공동을 가득 울렸다.

"임무 수행. 설마 무신이라 불리던 네가 암수였다… 그 말인가?"

"위림각(僞林閣). 그곳이 내가 태어난 곳이다."

말을 하면서도 무연은 온몸에서 날뛰는 자연의 기운을 진정시키려 노력했다.

갈무리되지 않은 기운이었으며 모든 기운을 품고 있는 자연의 기운을 무리해서 운용한 탓에 몸에 엄청난 무리가 갔기 때문이다.

"위림각… 언젠가 들은 적이 있다. 구절로만 내려오는

전설의 암수집단이지. 그래… 이제야 네 비정상적인 무공에 대해 알 것 같군."

무인의 정점이라 불린 무신은 검법도 권법도 지니고 있지 않았다.

그러나 세상에 존재하는 거의 모든 무기들을 제 것처럼 다루었고, 언제나 효율적인 방식의 싸움만을 추구했다.

게다가 무인과는 어울리지 않는 여러 책략들을 두루 섭렵하고 있었다.

"과거 네 정체에 대해서는 말들이 많았지 무공의 시초인 달마나 장삼봉의 환생이라 부르는 자부터 현계로 내려온 신선이라는 말까지… 그런데 무신의 정체가 위림각의 암수였다니 믿을 수가 없군."

"우리는 태어날 때부터 성인이 될 때까지 이인일조(二人一組)로 짝지어 생활한다. 임무를 수행하기 위해 우린 감정을 없애는 훈련을 한다. 슬픔, 동정심, 연민, 행복, 기쁨. 그리고 욕구를 절제하는 법을 배우지. 그리고 성인이 된 이후엔 평생을 함께 해온 짝을 암살하는 임무를 받는다."

무연이 제자리에 섰다.

*　*　*

위림각(僞林閣).

그곳은 암수집단이었다.

살인부터 납치, 공작행위 등 무림에서 가장 더러운 일을 하는 곳이었다.

무연은 이곳에서 태어났고, 자랐다.

그는 태어났을 때부터 또래의 짝과 함께 이인일조를 이루어 생활했고, 그와 함께 임무를 수행했다.

피는 섞이지 않았지만, 무연의 짝은 그의 가족이나 다름없었다.

그러나 성인이 된 이후 무연과 그의 짝이 받은 임무는 서로를 암살하는 것이었다.

"그지 같네. 어떻게든 살아보려고 발버둥 쳤는데 이제 와서 서로를 죽이라니……."

무연의 짝은 소청이란 사내였다.

그는 권각술의 달인이었고, 무기를 쓰기보다는 자신의 주먹과 발로 목표를 죽이는 것을 선호했다.

무기를 사용하지 않는 것은 귀찮다는 이유에서였다.

"무월 네 생각은 어때."

"뭐가?"

무월. 그것이 무연의 원래 이름이었다.

무월은 검술의 달인이었다.

물론 위림각의 암수들은 모든 병장기를 교육받고 제 몸처럼 다뤘지만, 무월은 검을 가장 선호했다.

"이대로 가다간 둘 중 한명은 무조건 죽어. 도망칠까?"

"위림각에서 도망쳐서 살아남은 사람은 없어."

"참 나. 그럼 여기서 서로를 죽여보자는 거야?"

"그러면 둘 중 한명은 살아. 하지만 도망치면 둘 다 죽

어."

심장이 돌로 만들어진 것처럼 담담한 무월의 대답에 소청이 어이가 없다는 듯 제 머리를 헝클이며 긴 한숨을 내쉬었다.

"너 같은 놈은 처음이야."

"나 말고 다른 사람은 만난 적 없잖아."

"그건 그렇지."

양손을 뒤통수에 대고 드러누운 소청은 흘러가는 구름을 바라보며 중얼댔다.

"그래 둘 중 한명은 살겠지."

체념한 듯 흘러가는 구름을 벗 삼아 잠을 청하는 소청을 말없이 바라보던 무월은 부드러운 천으로 닦고 있던 검을 조용히 검집에 밀어넣었다.

사실, 무월은 소청에게 죽어줄 생각이었다.

적당히 싸우다가 소청에게 죽어주면 소청은 살 수 있을 것이고, 이건 자신의 하나뿐인 가족을 위한 무월의 마지막 선물이었다.

그리고 마침내 성인의 밤이 찾아왔다.

무월과 소청은 위림각의 외곽에 위치한 이름 없는 대나무 숲으로 들어갔다.

제한시간은 열두시진. 그 안에 둘 중 한명이 죽지 않으면 둘 다 죽게 된다.

무월은 검을 쥐고 대나무 숲의 중심으로 달려갔고, 그곳엔 먼저 온 소청이 서 있었다.

"소……."

소청의 이름을 부르려던 무월은 빠르게 다가온 소청의 주먹을 막으려 검을 들어올렸다.

본능에 의한 방어였다.

"뭐 하냐 무월. 죽고 싶지 않으면 움직여야지."

바로 앞에 마주한 소청은 무월이 알고 있던 소청이 아니었다.

비릿한 미소와 함께 광기 어린 눈동자. 그리고 진득한 살기.

소청은 진심으로 무월을 죽이려 하고 있었고, 애초에 소청에 죽어주려던 무월은 저도 모르게 소청에게서 멀어졌다.

가족으로 여기고 있던 소청이 자신을 진심으로 죽이려 한다는 사실이 무월의 생존본능을 자극했다.

"멍청한 놈이. 도망가자 했을 때 도망갔으면 이럴 일도 없었잖아. 그러면 내가 힘들이지도 않고 널 죽게 만들 수 있었는데."

"무슨 뜻이야."

"사실 말이야 도망가자고 해놓고 난 빠지려고 했거든. 그럼 위림각에서 알아서 네놈을 죽여줬을 테니 난 구태여 힘들여서 너와 싸울 필요가 없다는 말이지."

이 말을 끝으로 소청은 평소엔 쓰지 않던 독과 암기들을 사용하며 무월을 죽이려 했다.

급 돌변한 소청을 피해 무월은 대나무숲 사이로 도망 다녔다.

하지만 시간은 한정되어 있었고, 그들에게 주어진 열두 시진이란 시간은 금세 흘러갔다.

"무월. 이러다간 우리 둘 다 죽어. 그러니까… 그렇게 도망 다닐 거면 나한테 죽어주지 않을래?"

죽음.

무월은 살고 싶었다. 하지만 가족이라 여기던 소청을 죽일 자신은 없었다.

할 수 없이 대나무 숲의 중심으로 걸어간 무월은 소청을 기다렸고, 그의 앞에 나타난 소청은 양손에 짤막한 단도를 쥐었다.

"그럼 잘 가라고 무월."

소청은 무월을 향해 달려들었고, 무월은 모든 것을 체념한 채 눈을 감았다.

그때 무월에게 다가간 소청이 무월을 향해 엄청난 살기를 내뿜었다.

이에 무월은 저도 모르게 검을 들어올렸다.

푸욱―!

손끝에서 느껴지는 묵직한 감촉에 무월이 눈을 부릅떴다.

"킥… 우리 같은… 놈은 말이야… 본능과 훈련받은 대로만 움…직이지."

소청의 말이 사실이었다. 무월은 어렸을 적부터 받아온 훈련대로 살기에 반응했고, 본능적으로 검을 들었다.

그의 검은 소청의 가슴을 정확히 꿰뚫었고, 검신을 타고 뜨끈한 선혈이 흘러내려 무월의 손에 닿았다.

"미안…하다 무…월. 날 용서해줘."

이때 무월은 소청의 말뜻을 이해하지 못했다.

그는 자신의 가족을 자신의 손으로 죽였음에도 눈물을 흘리지 못했다.

이미 메말라버린 감정은 슬픔보다는 안도를 느꼈고, 후회 대신에 살았다는 기쁨을 느끼게 했다.

그로부터 몇 년 뒤. 무월은 자신과 소청의 첫 임무에 대한 내용을 알게 되었고, 그제야 소청이 자신에게 사과한 이유를 알았다.

무월과 소청이 받은 첫 임무는 서로의 친 부모, 친 가족들을 암살하는 것이었고, 소청은 자신이 죽인 이들이 무월의 가족인 것을 알고 있었다.

눈물이 나거나 슬픔을 느끼진 못했다. 물론 후회하지도 않았다.

다만 시간을 들여 때를 기다렸다.

그로부터 다시 몇 년이 지났고, 위림각은 단 한명의 사내에 의해 멸문했다.

그 사내의 이름은 무소월이었다.

마지막 걸음

"암수였던 자가 무인의 정점이 되다니. 부끄러운 일이군. 너와 나의 차이는 뭐지? 나는 감정을 갖지 못한 채로 태어났기에 너보다 약한 것인가. 아니면 재능의 차이인가."

"그런 것엔 관심 없다."

"넌 약점이 없는 유일한 존재였다. 왜 굳이 스스로에게 약점을 만든 거지? 감정이란 인간을 나약하게 만들고, 가족이든 사랑하는 자든 친구든… 어차피 짐일 뿐이다. 왜 스스로 약점을 만든 거냐."

"너는 가족들을 네 손으로 잃었다. 나는 내 가족들을 모두 내 눈앞에서 잃었다. 너는 지키려 하지 않았고, 나는 지키려 했다. 모든 것을 잃어봤기에 지키고 싶은 것뿐이다."

"모두를 잃었기에 지키고 싶다라……."

단명우의 눈에 무연과 단서연의 모습의 동시에 들어왔다.

'어쩌면 너희 둘은 닮아 있는지도 모르겠구나.'

단서연과 무연은 서로 닮아 있었다.

둘 다 가족들을 모두 잃었고, 모든 것을 잃어보았기에 지키고자 노력했으며, 진실을 알고 싶어 했다.

"시간을 이쯤 끌었으면 만족할 만한 수준까진 회복했겠지?"

모든 것을 알고 있다는 듯한 단명우의 물음에 무연이 말없이 고개를 끄덕였다. 그의 말대로 충분했다. 충분히 알아냈고, 충분한 힘을 모았다.

"이제 나를 죽일 수 있겠나. 네가 사랑하는 여인의 유일한 혈육인 나를 말이다."

"얼마든지."

무연의 신형이 다시 한번 바람소리를 내며 사라졌다.

하지만 무연의 목표는 단명우가 아니었다.

그는 단서연의 곁에 나타났고, 그녀의 팔을 붙잡았다.

"무연?"

자신을 향해 의아한 표정을 짓고 있는 단서연을 향해 뭐라 말하려던 무연은 달싹거리던 입술을 굳게 다물었다.

대신 단서연의 머리카락을 부드럽게 쓰다듬었다.

그녀의 머리카락에 달린 붉은 장신구가 무연의 손끝에 닿았다.

"뭘 하려는 거야?"

알 수 없는 불안함에 단서연이 무연의 소매를 붙잡았다. 그러나 무연은 대답 대신 신형을 돌리며 왼발을 바닥에 박아넣었다.

꽈직—!

땅바닥에 왼발을 굳게 박아넣은 무연은 단서연은 옆으로 밀며 허리를 힘껏 비틀며 온몸의 힘을 담아 주먹을 내질렀다.

그의 주먹이 닿은 곳은 공동의 벽이었다.

은백색의 소용돌이가 모든 것을 찢어발길 기세로 날아갔고, 은백색의 기운에 닿은 벽은 원형으로 깎여나가며 성인 남녀가 들락날락할 만한 크기의 구멍을 만들었다.

그 사이로 달빛이 새어 들어옴을 확인한 무연은 단서연의 팔을 붙잡고 그녀를 있는 힘껏 내던졌다.

그러나 무연이 만든 구멍은 생각보다 빠르게 무너져 내리기 시작했고, 단서연이 구멍을 빠져나가기 전에 구멍이 막힐 것만 같았다.

이에 무연이 다시 한번 권기를 날리려고 할 때, 묵색의 검기가 날아와 메워지던 구멍을 다시 한번 뚫었다.

"무연!"

자신의 의지와는 상관없이 날아간 단서연은 무연과 단명우가 뚫어놓은 구멍을 따라 태산의 공동을 빠져나갔다.

"그래도 딸이라는 건가?"

무연의 물음에 단명우가 완전히 메워진 구멍을 바라보며 읊조렸다.

"약속한 게 있거든."

'당신의 비밀을 제 죽음으로 묻고 가겠어요. 그러니 서연이는 살려주세요.'

지금도 머릿속을 헤집는 유란의 목소리를 되새기던 단명우는 머릿속에 떠오르는 유란의 얼굴을 지우며 무연과 마주섰다.

"방해꾼이 사라졌군. 그러니 이젠 끝을 볼 차례인가?"

"그래."

단서연이 공동을 빠져나간 이상. 이제 무연이 망설일 이유가 없었다. 바람이 불어올 리 없는 넓고 깊은 공동에 한 줄기 바람이 불어오기 시작했다.

단명우는 자신의 머리카락을 흐트러트리는 바람을 느끼며 불어오는 바람의 중심에 선 남자를 바라봤다.

이름은 무소월이요. 무인의 정점. 무신이라 불리는 남자였다.

"나 또한 모든 것을 걸었다."

감정을 느낄 순 없어도 단명우는 자신의 목표를 위해 모든 것은 내던졌다. 그것이 설사 가족이라 하더라도.

모든 힘을 끌어올린 단명우의 몸이 까맣게 변해갔다.

그의 머리카락은 허공으로 치솟았고, 얼굴까지 검게 변했다. 눈은 금빛으로 빛나며 오른손에 쥔 검에선 모든 빛을 집어삼킨 듯 어두운 기운이 깃들었다.

'묵린연무검.'

묵린연무검법을 다루기 위해선 필연적으로 묵혈마기공(墨血魔氣功)이란 심법을 배워야 했다.

그러나 마공의 특성상 심법에 너무 심취하게 되면 마공에 물들어 광인이 되거나 몸에 엄청난 부담감을 안기기 때문에 단각은 단명우가 묵혈마기공을 극성으로 배우는 것을 반대했다.

단각은 자신의 아들이 묵린연무검을 다루기 위한 10성 공력까지만 묵혈마기공을 다루길 원했지만, 단명우는 그의 뜻을 저버리고 묵혈마기공을 극성까지 일으켰다.

한계를 넘어선 마공은 단명우의 모습을 완전히 뒤바꿔놓았다. 온몸이 검게 물든 단명우의 모습에서 알아볼 수 있는 것은 오로지 금빛으로 빛나는 두 눈동자뿐이었다.

"크후우우……."

답답한 듯한 심호흡을 내뱉은 단명우의 신형이 어느새 소용돌이가 된 폭풍의 중심에 서 있는 무연을 향했다.

'시간이 별로 없다.'

대기에 담겨 있는 자연의 기운을 온전히 끌어다 쓰는 행위는 몸에 엄청난 부담감을 안겼다.

이목림처럼 활에 기운을 싣는 정도라면 문제 될 것 없었지만 무연이 사용하는 자연기(自然氣)는 수준이 달랐다.

어느새 코앞으로 다가온 단명우는 묵색을 길게 뻗어진 검강을 무연을 향해 휘둘렀고, 그의 검은 무연의 주변을 소용돌이치던 자연기의 폭풍을 갈라냈다.

"흐읍!"

수직선을 그리며 베어간 묵색의 검강은 무연의 주먹과 정면으로 부딪쳤다. 그 순간 또다시 거대한 기의 폭발이 일어났고, 단명우의 신형이 뒤쪽으로 주르륵 밀려났다.

쿠르르릉—!

공동이 다시 한번 진동했다. 벽이 무너지고 토사물이 흘러내렸다. 끝내 거력이 담긴 힘의 충돌을 이기지 못한 공동이 무너지기 시작한 것이다.

"크흐!"

목구멍을 타고 흘러나오는 핏물을 간신히 되삼킨 단명우는 자신의 앞에 나타난 무연을 향해 검을 휘둘렀다.

그의 검은 세갈래로 나뉘어져 무연을 베어들어갔는데 그 속도가 어찌나 빨랐는지 단명우의 손이 흐릿해져 보이지 않을 지경이었다.

그러나 무연은 단명우의 검로를 정확히 꿰뚫어 보았다.

'하나도 닿지 못한 건가.'

세갈래로 나뉘어 베어나간 자신의 검이 단 하나도 무연에게 닿지 못했다는 사실을 깨달은 단명우는 재빠르게 뒤로 물러났다.

쿵— 쿵—!

집채만 한 바위가 떨어져 내리며 바스라졌다.

뒤이어 흙더미들이 떨어져 내리며 공동을 점점 좁혀오고 있었다. 싸움의 승패와는 상관없이 이대로 싸우다간 생매장 당할 것이 불 보듯 뻔했다.

"진심이었군."

단명우는 무연이 이곳을 자신의 무덤이라고 말한 것이 진실이었음을 다시 한번 깨달았다. 무엇이 그를 이렇게 만들었을까. 문득 단명우는 궁금해졌다.

"왜지. 넌 모든걸 가졌다. 널 따르는 동료들이 있고, 벗이 있으며, 사랑하는 여인도 있지. 그런데… 어떻게 자신을 아무렇지 않게 희생할 수 있는 거지?"

"두렵거든."

"두렵…다고?"

고개를 끄덕인 무연은 언뜻 아련해 보이는 눈빛으로 단명우를 마주했다.

"나는 소중한 것을 잃는게 두렵다."

＊　＊　＊

쿠루루룽─!!

드넓고 웅장한 자태를 한껏 뽐내던 태산의 일부가 무너져 내리기 시작했다.

"안 돼… 제발!"

공동에서 강제적으로 쫓겨난 단서연은 공동으로 되돌아가기 위해 정상을 향해 달려가려 했지만 무너져 내리는 태산의 토사물에 밀려났다. 이미 공동의 입구는 무너진 지 오래였고, 무연과 단명우가 함께 있는 공동으로 들어갈 수 있는 입구 따위는 없었다.

"무연!"

단서연이 무너지는 태산을 바라보며 절규했다.

그곳엔 자신이 사랑하는 연인이 있고, 자신의 증오 어린 아버지가 있다. 자신의 모든 것이 그곳에 있건만, 태산은 허무하게도 무너졌다.

모든 것을 집어삼키며.

* * *

"태산이 무너진다! 어서 대피해!"

백서문이 만들어놓은 함정에서 대부분의 무인들이 도움을 받아 빠져나올 수 있었다. 그러던 중 태산 정상부근이 무너지자 거대한 산사태가 일어났다.

토사물에 깔려 죽지 않기 위해선 뒤도 돌아보지 말고 달려야 했기에 무인들은 허겁지겁 달리기 시작했다.

"정상이 무너지고 있소."

"무연은?"

용천각원과 화설중 일행들의 시선이 무너지는 정상을 향했다. 아직 정상으로 향한 무연이 돌아오지 않았건만 태산의 정상이 무너져 내렸다.

커다란 산사태가 산의 일부를 집어삼키고 있었고, 그 아

래에 있던 무인들은 허겁지겁 도망치고 있었다.

산사태의 방향과 백서문이 파놓은 함정이 일직선으로 놓여 있어 조금만 늦었다면 함정에 걸린 무인들은 꼼짝없이 산사태에 휘말렸을 것이다.

'여기까지 내다본 건가?'

산사태는 규모를 불려 빈민가의 사람들이 거주하던 마을도 함께 덮쳤는데 이를 지켜보던 제갈윤은 온몸에 소름이 돋는 것을 느낄 수 있었다. 백서문은 일부러 무신과 함께 중원의 무인들을 도발했고, 그 결과 함정에 팔백여명의 무인들을 가둘 수 있었다.

만약 마을 주민들을 두고 갔거나 함정을 조금만 늦게 발동시켰다면 산사태는 무고한 마을 주민들과 함정에 걸린 무인들을 집어 삼켰을 것이다.

엄청난 사상자를 낳을 뻔한 대재앙을 간발의 차이로 벗어났다.

"일단 마을 주민들을 산 아래로 옮겨야 합니다. 산사태가 언제 또 일어날지 모르니까요."

"그럽시다."

정상에 있던 무연이 걱정되기는 했으나 무인들은 마을 주민들 데리고 산을 내려갔고, 그 아래에서 무인들과 합류했다.

이천여명의 무인들 중 끝내 구하지 못한 이백여명의 무인들을 제외한 천팔백여명의 무인들이 한데 모였다.

"주군!"

산 아래에서 망연자실한 채 태산을 올려다보던 단서연을 발견한 담백과 설영이 그녀에게 달려갔다.

"몸은 괜찮으십니까?"

바로 옆으로 다가온 설영의 걱정 어린 물음에도 단서연은 멍하니 태산을 올려다봤다.

"주군?"

담백이 단서연의 어깨에 손을 올리며 그녀의 이름을 부르자 단서연이 고개를 돌려 담백과 설영을 바라봤다.

흙더미에 의해 꾀죄죄해진 단서연의 볼을 타고 굵은 눈물이 주르륵 흘러내렸다.

"주군! 무슨 일 있으신 겁니까!"

단서연의 눈물에 놀란 담백과 설영이 어쩔 줄 몰라 하며 단서연을 살폈다. 혹시나 눈에 보이지 않는 상처가 있는 것은 아닐까 걱정이 되어서였다.

그때 단서연이 천천히 입술을 떼며 울먹였다.

"무연이… 무연이 저기에 있어."

"저기라니… 설마 무너진 산 아래에 무연이 있다는 말씀이십니까?"

담백과 설영의 시선이 무너진 태산의 일부분을 바라봤다. 그곳엔 원래 태산의 정상이 있던 곳이었다.

하지만 지금은 태산의 정상이 존재하지 않았다.

"너나 나나 명이 긴 편이군."

태산을 이루고 있던 바위와 흙더미가 모두 떨어져 내렸지만 무연과 단명우는 아직 살아 있었다.

물론 그들이 서 있는 땅은 성인 열사람이 겨우 누울 정도로 좁았지만, 커다란 바위가 지붕역할을 해준 덕에 무연과 단명우는 흙더미에 깔리지 않을 수 있었다.

서로를 정면으로 마주한 무연과 단명우는 각자 주변을 두리번거렸다.

상당히 깊은 곳에 고립된 것이기 때문에 빠져나갈 수 있는 방법 따위는 없었다.

결국, 함께 죽음을 기다리는 처지가 되어버린 무연과 단명우는 약속이라도 한 것처럼 기운을 끌어올렸다.

"비록 내가 꿈꾸던 세상을 맞이하진 못했지만, 그래도 다행이야 너와 함께 이곳에 남겨져서."

단명우는 검을 양손으로 쥐고 들어올렸다.

그의 몸에서 뿜어져 나온 묵색의 기운이 주변을 가득 메우기 시작했다.

"너를 통해 증명해보겠다. 나 역시 신의 반열에 오른 남자라는 걸."

진정한 신이 되고자 했던 단명우의 원대한 꿈은 무신이라 불린 한 남자에 의해 좌절되었다.

이제 신을 꿈꾸던 남자에게 남은 것은 신에 가장 가까운 남자를 죽임으로써 자신을 증명하는 일이었다.

온몸을 압박해오는 단명우의 기운에 맞서 무연이 마주

기운을 끌어올렸다. 자연기를 한계까지 끌어올린 탓에 온 몸의 근육이 찢어질 것만 같았다.

인간의 한계를 뛰어넘은 경지는 인간의 몸을 무너뜨리고 있었다.

'그래도 가야겠지.'

무연은 마지막 발걸음을 내디뎠다.

자신을 향해 다가오는 단명우의 검에선 묵기가 폭발적으로 터져나오며 적마검과 비슷한 형태를 이루었다.

같은 검사가 만든 검법이기 때문일까. 단명우가 쥐고 있는 묵린연무검과 단서연의 적월마검은 닮아 있었다.

어쩌면 단각은 자신이 만든 검법을 서로의 어깨를 맞대고 펼치는 단명우와 단서연의 모습을 상상하며 검법을 만들었을 것이다.

'단각.'

사내중의 사내였다. 호탕한 성격과 함께 정과 사를 구분 치 않는 시원시원함을 가지고 있었다.

'송월.'

청성파의 검사. 어렸을 때부터 검술에 두각을 드러냈으며 무연이 위림각을 무너뜨리고 나서 가장 먼저 연을 맺게 된 벗이었다.

유쾌하면서도 서글서글한 성격을 가진 송월은 단각과 자주 부딪쳤지만 그와 가장 잘 어울리는 벗이었다.

'운현.'

송월의 제자였고, 눈을 뜬 이래로 처음 맺은 인연이었다.

소싯적 송월의 모습을 가지고 있는 운현 덕에 여기까지 올
수 있었다.

'광암… 홍예… 도원… 이범, 백건…….'

새롭게 사귀게 된 수많은 인연들의 이름이 무연의 머릿
속을 빠르게 스쳐지나갔다. 짧다면 짧고, 길다면 긴 시간
동안 자신과 함께 해 온 모든 사람들.

'소청.'

위림각에서 무연을 지탱해준 가족이자, 은인이자, 스승
이자, 벗. 흐릿해져 잊혀져가던 소청의 얼굴이 지금은 또
렷하게 기억났다.

크지 않은 눈과 오똑한 콧날. 갈색빛의 머리카락.

과묵한 무연과는 달리 늘 유쾌하게 웃으며 슬픔을 간직
하고 살아가던 사내.

그리고…….

'서연.'

처음엔 단각의 손녀딸이라는 것이 무연의 마음을 이끌었
다. 그녀를 지키고 돕는 것이 홀로 떠나보내야 했던 단각
을 위하는 길이라 생각했다.

하지만 자신과 닮아 있는 단서연과 함께 지내는 날이 많
아질수록 커져가는 마음을 부정할 수 없었다.

감정을 통제하며 살아와야 했던 긴 세월에서 유일하게
사랑했던 여인.

단명우의 묵색 검강은 어느새 무연의 코앞으로 다가왔

다. 왼발을 앞으로 내디딘 무연은 허리를 비틀며 온몸의
힘을 오른주먹에 집중시켰다.

하나의 점이 되어 뻗어나간 무연의 주먹에선 찬란한 은
백색의 빛이 눈부시게 번쩍였다.

'이것이… 무신인가.'

쥐고 있던 검의 검신이 무연의 주먹을 향해 빨려들어가
며 산산조각 났다. 그와 동시에 자신이 끌어낸 모든 기운
이 무연이 발한 은백색의 빛무리에 소멸되어가자 단명우
는 허탈하게 웃었다.

'이제야… 너무 늦었지 않은가.'

태어난 이래로 단 한번도 감정이란 것을 느껴본 적이 없
었던 단명우는 무연의 찬란한 빛을 마주하는 순간 한가지
감정을 느낄 수 있었다.

그가 느낀 처음이자 마지막 감정은…….

후회였다.

주먹의 끝자락에 모여든 은백색의 기운은 거센 소용돌이
를 만들어내며 단명우의 모든 것을 집어삼켰다.

그의 검, 그의 기운마저도. 모든 것을 집어삼킨 무연의
기운이 단명우의 가슴에 닿는 순간 세상이 정지했다.

박살난 바위 위로 떨어져 내리던 흙무더기가 허공에 정
지했고, 거세게 몰아치던 소용돌이도 일순간에 움직임을
멈추었다.

모든게 정지한 순간 무연과 단명우가 서로를 바라봤다.

콰아아아앙—!!

무림이 탄생한 이래로 가장 큰 기의 폭발이 일어났다.

태산의 아래에서 정상을 올려다보던 무인들은 움푹 팬 정상의 일부분이 하나의 지점으로 응축되다가 일순간에 부풀어오르며 터져나가는 모습을 목격했다.

"세상에……."

천지가 개벽할 듯한 폭발이 일어나고 태산의 일부가 통째로 날아갔다.

기의 근원지가 무연이라는 것을 본능적으로 직감한 단서연은 제자리에 주저앉았다.

"무연."

무연을 부르는 단서연의 목소리가 허공에 흩날렸다.

그날 이후

"찬성표가 다섯개. 반대표가……."

개표를 하며 찬성표와 반대표를 세는 제갈윤을 향해 무
인들의 신경이 곤두섰다.

"다섯개입니다. 기권표가 하나 나왔습니다."

"제기랄!"

"또야?"

"돌아가세. 어차피 이리 될 줄 알았지 않은가?"

"쳇."

하북에 위치한 작은 마을 하려.

그곳엔 연풍객잔이라는 꽤나 널리 알려진 객잔이 있다.

무신과 운현 일행이 처음 만난 곳이라 하여 무인들의 발길이 끊이지 않는 곳이기도 했다.

현재 연풍객잔엔 장포를 입은 각 문파의 대표들이 둥글고 길쭉한 원형 탁자에 앉아 팔짱을 끼고 있었다.

각자의 표를 행사한 각 문파의 대표들은 이번에도 찬성과 반대가 반반으로 나뉘어 무림맹의 창맹이 무산이 되자 복잡한 표정을 지으며 자리에 일어섰다.

아홉명의 대표 무인들이 연풍객잔을 떠나자 이겸과 남겨진 제갈윤이 긴 한숨을 내쉬었다.

"쉽지 않군요."

"맹을 설립하는 일이 보통 쉬운 일이 아니지."

백리교(白履敎)의 등장으로 시작된 무림맹의 창맹 회담은 벌써 세번째 이루어졌으나 결과는 중립이었다.

백도 무림을 대표하는 각 문파의 대표들이 과반수 이상이 찬성표를 던지면 무림맹을 설립할 수 있었는데, 세번째 회담에서도 절반에 가까운 대표들은 무림맹의 창맹을 찬성하지 않았다.

새롭게 등장한 백리교의 규모가 아직은 크지 않으며, 각 문파에서 백리교를 충분히 견제하고 압박한다면 굳이 무림맹이 존재하지 않아도 백리교를 막아낼 수 있을 거라는 의견 때문이다.

"삼년 전에 벌어진 백도대전을 우려하는 이들이 많습니다. 제 2의 백서문이 또 생겨나리란 보장이 없는 것은 아니며 지금도 백리교(白履敎)라는 단체가 생겨나지 않았습

니까."

"맞는 말일세. 혜정님도 그리 말하셨지. 큰 힘은 언젠가 양날의 검이 되어 모두를 위협할 수 있다고. 아직은 시기상조일지도 모르지. 백서문과… 흑의인이 남긴 상처가 완전히 아물지 않았으니 게다가 반대표를 던지는 이들의 의견도 틀린 것은 아니니까 말이야."

"후… 저도 이만 일어나 보겠습니다."

"혜정님을 뵈러 가는 겐가?"

"광암님이 늦는다고 성을 낼지도 모르니 빨리 가봐야죠."

미소를 지으며 연풍객잔을 빠져나온 제갈윤은 발걸음을 재촉했다.

그가 향하는 곳은 하남. 과거 무림맹이 있던 곳이었다.

하북에서 하남으로 향하는 마차에 몸을 실은 제갈윤은 섭선으로 부채질을 하며 창밖을 내다보았다.

삼년 전 벌어진 백도대전 이후에도 중원은 별로 변하지 않았다.

굳이 변한 것을 찾아보자면 무림맹은 더 이상 존재하지 않는다는 것과 마교가 드디어 십만대산을 벗어나 광동과 광서 일대를 완전히 장악했다는 점이었다.

마교의 성장은 백도 무림을 위협할 수 있었지만, 현 마교의 교주인 태소운이 자신이 교주로 존재하는 한 전쟁은 없을 거라 선포했기에 제갈윤은 크게 걱정하지 않았다.

물론 마교가 자신들의 선포를 뒤집고 전쟁을 일으킬 수도 있었지만, 제갈윤은 이것마저도 걱정하지 않았다.

'언제나 그랬듯 백도 무림은 중원에 살아 있으니.'

무림맹은 존재하지 않았지만, 백도 무림은 존재했다.

언젠가 중원을 위협하는 거대한 세력이 나타난다 해도 중원에 존재하는 백도 무림은 그들을 가만히 지켜보지 않을 것이다.

제갈윤을 태운 마차는 약 삼일을 더 달려 하남에 도착할 수 있었다.

하남에 도착한 제갈윤은 마차에서 내리자마자 숭산으로 달려갔다.

"광암님이 화가 많이 나셨겠군."

이러한 제갈윤의 걱정은 괜한 기우가 아니었다.

"제갈윤!"

"이크!"

성난 광암의 외침에 숭산을 오르던 제갈윤은 몸을 움츠린 채로 빠르게 달려갔다.

그가 도착한 곳은 숭산의 중턱에 위치한 묘지였다.

"죄송합니다. 회담이 길어져서 늦어졌습니다."

"빨리 오게."

"알겠습니다."

광암과 어깨를 나란히 하고 선 제갈윤은 눈앞에 놓인 자그마한 묘지를 내려다보며 아련함이 깃든 미소를 지었다.

"오랜만입니다. 맹주님."

그들의 앞에 놓인 묘지의 주인은 바로 혜정이었다.

그는 백도대전이 끝을 맺고 약 일년 후 조용히 세상을 떠났다.

그의 죽음을 처음 목격한 광암은 제갈윤의 앞에서 꺼이 꺼이 울었다.

나이도 나이였지만 단명우에 의해 두눈과 손, 발이 잘려나간 탓에 혜정의 기력이 상당히 쇠하였고, 이 때문에 혜정은 제 명을 다하지 못하고 일찍 눈을 감아야 했다.

"쓸쓸하진 않으신지요."

묘지에 난 잡초들을 어루만지던 제갈윤은 쓸쓸해 보이는 혜정의 묘지를 둘러보았다.

본래 소림사의 스님들은 사후에 모시는 곳이 따로 있었지만, 혜정은 백도대전에 참여하여 많은 살심(殺心)을 접하였기에 소림사에 안치되지 못하고 따로 묘지를 만들게 되었다.

"무림맹은 어떻게 되었느냐?"

"부결되었습니다. 아무래도 아직 백도대전의 후유증을 갖고 있는 문파들이 꽤 되는 것 같습니다. 큰 힘은 양날의 검이라는 혜정님의 말씀도 아직 무인들의 뇌리에 남아 있고요."

"자네는 어떻게 생각하는가? 무림맹이 필요하다고 생각하나?"

광암의 물음에 제갈윤은 말없이 혜정의 무덤을 내려다보

앉다.

그러다 제갈윤이 고개를 저었다.

"아뇨. 그건 제가 고려할 문제가 아닌 것 같습니다. 무림 맹의 존재는 백도 무림을 구성하고 있는 구성원들의 몫이 지요. 그나저나 광암님은 괜찮으십니까?"

"뭐가?"

"아닙니다."

"싱겁긴."

담담한 표정으로 혜정을 내려다보고 있는 광암의 향해 제갈윤은 애써 고개를 돌렸다.

사실 제갈윤이 가장 걱정한 사람이 바로 광암이었다.

눈앞에서 단명우에게 장사혁을 잃었고, 뒤이어 송월과 무연을 잃었으니 광암이 느낄 상실감을 제갈윤은 상상조 차 할 수 없었다.

"이제 광암님은 뭘 하실 생각이십니까?"

"듣기론 하남에 있는 용천각이란 곳이 중원을 지켜나가 는 중이라고 하더구나. 갈 데도 없으니 그곳에 몸을 담을 생각이다. 게다가 백리교인지 뭐시긴지 하는 놈들이 설친 다니까 가만히 있을 수도 없고."

"이겸님이 천소각으로 오라고 하시진 않으셨나요?"

"했지. 쯧쯧… 더 이상 애들 가르치는 건 귀찮아서 못하 겠어. 그래도 명색이 천소단주였는데 이겸이 잘 하겠지. 어쨌든 난 간다."

"하하! 다음에 용천각으로 찾아가겠습니다."

200

숭산을 내려가는 광암을 향해 손을 들어 보인 제갈윤은 고개를 들어 하늘을 바라봤다.

청평한 하늘엔 구름 한 점 떠다니지 않았다.

* * *

"장현!"

의자에 앉아 서류를 살피던 장혁은 백하언과 함께 한가로이 산책을 즐기다 용천각으로 돌아온 장현을 향해 버럭 성을 냈다.

"왜?"

"왜라니? 네가 아직도 용천각에 있으니까 그렇지! 분명히 사천에 생긴 백리교(白履敎)의 새로운 지부에 대해 알아보라고 했잖아."

"그게……."

머뭇거리는 장현을 대신해 백하언이 나섰다.

"그 건에 대해서라면 이미 단서연이 나섰어. 사천에 백리교의 새로운 지부가 생긴 것 같다는 얘기를 듣자마자 사천으로 달려갔거든."

"또 단소저입니까?"

의자에 앉아 있던 장혁이 머리를 쥐어뜯으며 미간을 찌푸렸다.

그러자 장현이 장혁의 옆에 놓인 의자에 엉덩이를 붙이며 말했다.

"어쩔 수 없잖아. 부단… 아니, 무형이 없으면 단소저를 막을 수 있는 사람은 없어. 이번에도 백리교의 지부가 나타났다는 소식을 들은 단소저의 눈빛이 어찌나 살벌하던지 차마 내가 사천으로 가겠다고 말할 수가 없었어."

"아직 잊지 못하셨겠지."

"잊을 수 있을 리가……."

백도대전이라 불리는 최악의 내전이 끝난 지도 벌써 삼년이란 시간이 흘렀지만 백도대전이 낳은 상처는 여전히 남아 있었다.

그중에서도 무연과 가장 긴밀하게 지내오던 운현과 단서연의 상처는 쉽게 아물지 않았다.

게다가 백서문의 뒤를 잇는다는 사명 아래에 새롭게 생겨난 백리교는 몸통을 숨긴 채 중원 여기저기에 지부를 늘리고 있었다.

단신으로 사상최강의 힘을 지니고 있던 무림맹을 거의 무너뜨리고 중원을 장악할 뻔한 백서문의 악행은 몇몇 인물들에겐 전설로 내려오고 있었고, 그와 비슷한 사상을 가진 이들이 모여 만든 것이 바로 백리교였다.

이 소식을 접한 단서연은 스스로를 가둬두고 있던 골방에서 빠져나와 백리교와 관련된 모든 것을 없애는 중이었다.

"각주님은?"

"각주님은 부각주님들과 함께 산동으로 가셨어. 그곳에서 백리교의 몸통이 있을지도 모른다는 첩보가 들어왔거

든."

"그렇구나. 이번엔 진짜였음 좋겠는데."

"너도 그렇고 백소저도 그렇고 사랑하는 거야 자유라지만 공과 사는 구분… 켁!"

"사, 사랑이라니! 헛소문 퍼트리지 마!"

장혁의 머리에 분노를 담은 꿀밤을 먹인 백하언은 붉은 홍조를 띤 채 씩씩거리며 제 방으로 올라갔고, 졸지에 머리를 얻어맞은 장혁은 눈물을 찔끔거리며 중얼댔다.

"사실을 말한 건데……."

"으휴 형도 참. 백소저가 그런 거에 민감한 거 알잖아."

"너는 내 편을 들어줘야지. 이래서 형제고 뭐고 사랑 앞에선 부질없다니까."

"하하! 난 항상 형 편이지."

장현은 쾌활하게 웃고 있었지만, 장혁은 그의 눈에 여전히 죄책감이 남아 있음을 알고 있었다.

백도대전 이후 장현은 약 일년간 장혁의 눈을 제대로 마주하지 못했고, 그런 장현을 위해 장혁은 참을성 있게 기다렸다.

덕분에 삼년이란 세월이 지난 지금은 웃으며 서로를 바라볼 수 있게 되었다.

"먼저 올라갈게 할 일 있으면 불러!"

"그래."

계단을 올라가는 장현의 뒷모습을 한참동안 바라보던 장혁은 옅은 미소를 지으며 탁자로 시선을 돌렸다. 그곳엔 각 지역에서 개방이 보내온 자료들이 쌓여 있었다.

"이놈의 일은 끝이 없네."

"여. 장혁! 일 잘하고 있냐."

"위형 오셨습니까?"

온몸에 붕대를 감고 나타난 위지천을 발견한 장혁이 눈을 동그랗게 뜨며 소리쳤다.

"무슨 일 있었어요?"

"아아 별거 아니야."

멋쩍은 미소와 함께 머리를 긁적이는 위지천의 뒤로 한 여인이 수줍게 모습을 드러냈다. 그녀를 발견한 장혁이 눈을 끔벅이며 여인과 위지천을 번갈아 바라봤다.

무슨 일이냐 묻는 듯한 장혁의 표정에 위지천이 여인의 팔을 잡아 이끌며 말했다.

"아 이쪽은 양소저. 과거 무림맹에서 나와 이범을 치료해 준 의원 분이셔."

"그런데 이곳은 어쩐 일로?"

"무림맹이 사라진 이후에 양소저는 하남에 있는 의각에서 의원 일을 하고 있었는데 알고 보니 의각의 각주라는 놈이 몹쓸 변태 놈이더라고 그래서 예전의 인연도 있고 해서 각주라는 놈을 내가 손봐주었는데… 알고 보니 그놈의 뒤를 봐주던 문파가 있더라고."

"그래서요? 설마……."

"변태 놈의 뒤를 봐주는 문파니까 어쩔 수 없이 싸웠지. 뭐 결국은 내가 이겼지만."

"그렇군요."

장혁은 눈매를 가늘게 뜨며 위지천의 위아래를 훑었다.

하남일대에 존재하는 문파 중에서 위지천의 몸을 상하게 할 만한 문파는 거의 없었다.

있다 해도 그들이 용천각의 무인을 건들리는 없었으니 위지천의 몸에 상처가 난 이유는 단 하나뿐이었다.

'일부러 다쳤군.'

무인들과의 싸움에서 일부러 상처를 낸 것이다.

그렇게 되면 양소요라는 의원은 자신을 위해 위지천이 목숨을 걸고 싸운 거라 착각할 수밖에 없었다.

이런 장혁의 생각이 틀리지 않았는지 온몸에 붕대를 감은 위지천을 향한 양소요의 시선에선 사랑이 가득했다.

"하하. 양소저 이제 저는 괜찮으니 이제 돌아가 보셔도 됩니다."

돌아가도 된다는 위지천의 말에 양소요의 얼굴이 딱딱하게 굳었다. 금방에라도 눈물이 떨어질 것 같은 얼굴을 한 양소요를 향해 위지천이 당황하며 물었다.

"무, 무슨 일이라도?"

"이제 저는 필요 없으시다는 건가요?"

떨리는 양소요의 목소리에 위지천이 당황해 하며 장혁을 바라봤지만 장혁은 어깨를 으쓱할 뿐 도움을 주지 않았다.

"전 가진게 의술밖에 없는데… 의각에서도 쫓겨났고……"

"이런 사정이 딱하게 되셨네요. 이 모든게 위형 때문입니다."

"나? 나 때문이라고?"

"위형이 의각의 각주를 박살내셨으니 어느 의각에서 양소저를 쓰겠습니까?"

"그건……."

장혁은 아쉽다는 표정을 지으며 고개를 절레절레 저었다.

"후우. 의원이 의각 말고는 갈 곳이 어디 있겠습니까. 아쉽지만 다른 일을 알아보셔야겠지요."

"하지만 저는 다른 일을 찾아볼 나이가……."

"안타깝네요."

양소요와 장혁의 사이에 끼게 된 위지천은 혀로 입술을 핥으며 어쩔 줄 몰라 했다.

이런 상황은 처음이라 입안이 바짝바짝 타들어갔다.

"전 이만 돌아가 볼게요."

긴 한숨을 내쉬던 양소요가 축 늘어진 어깨로 뒤돌아서자 위지천이 떠나가는 양소요의 뒤를 바라봤다.

"혹시 용천각에 의원이 필요하진 않아?"

"연을 맺고 있는 의각들이 몇 있으니 의원이 굳이 필요하진 않으나, 위급상황이 있을 수 있으니 본각에도 실력 있는 의원이 있으면 좋겠지요."

다 알고 있다는 듯 여유로운 표정의 장혁을 보며 위지천이 이를 바드득 갈았다.

"양소저는 어때? 나와 이범을 치료해준 전력으로 보아

실력은 충분한 것 같은데."

"흐음 괜찮으시겠습니까? 그렇게 되면 더 이상 밤마실을 나가실 수 없으실 텐데요?"

밤마실을 나갈 수 없다는 장혁의 말에 위지천이 두 주먹을 강하게 말아 쥐었다.

"어쩔 수 없…지."

"그럼 더 늦기 전에 양소저를 불러와야겠는데요?"

장혁의 말이 끝나기가 무섭게 위지천의 신형이 감쪽같이 사라졌다.

그로부터 얼마 지나지 않아 위지천은 수줍은 얼굴의 양소요와 함께 용천각으로 돌아왔고, 장혁은 용천각에서 새롭게 일하게 된 여 의원을 반갑게 맞이했다.

이로써 용천각엔 새 의원이 생겼고, 위지천은 더 이상 밤마실을 나갈 수 없게 되었다.

* * *

"북천(北川)에 백리교의 지부가 발견되었습니다. 규모는 크지 않지만 생긴 지 얼마 되지 않은 것 같아요."

"개방에서도 확인했습니다. 그나저나 오양각의 실력이 생각보다 뛰어나군요. 개방인 저희보다 한발 앞서 구체적인 정보를 구해오시다니."

둥근 탁자를 두고 젊은 남녀가 서로를 응시했다.

남자의 행색은 거지 그 자체였다.

꾀죄죄한 몰골과 부스스한 머리카락, 몇 주는 씻지 않은 듯한 악취.

보통의 사람이었다면 남자를 보며 인상을 찌푸릴 법도 했지만 남자의 앞에 앉아 있는 젊은 여인은 아무렇지도 않은 듯 탁자 위에 몇 장의 양피지를 펼쳐보았다.

"무인들의 수는 약 삼십여명으로 파악됩니다. 그 외에는 일반인이구요."

"저번처럼 일반인에 대한 피해는 전무해야 합니다."

"알고 있어요."

"그나저나… 정말로 개방으로 돌아오실 생각은 없으십니까? 미소저?"

"말씀드렸듯이 전 개방에 돌아갈 수 없는 몸이에요. 양소협. 전 신의를 저버렸으니까요."

이미 알고 있는 사실이었지만 미홍의 앞에 앉아 있는 양소걸은 미홍과 같은 유능한 인재를 개방에 받아들일 수 없다는 사실이 안타까웠다.

개방의 거지에서 마교의 정보조직인 오양각(烏敭閣)의 각주가 된 미홍은 개방과 협력하여 백리교를 쫓는 중이었다.

그들은 총 열다섯개의 백리교 지부를 발견했고, 토벌하는데 성공했다. 하지만 백리교의 뿌리를 완전히 뽑아내는 것은 무리였다.

"북천으로 가면 되나?"

낯익은 목소리에 고개를 돌린 미홍은 문을 열고 나타난

단서연을 발견하곤 반가운 표정을 지었다.

"단소저."

"너도 와 있었나."

"예."

냉랭하기 그지없는 단서연의 모습을 보며 미홍은 안타까운 마음을 애써 숨겼다.

과거의 단서연도 사교적이거나 사근사근한 성격은 아니었지만, 지금처럼 차갑지는 않았다.

백도대전 때 단명우와 무연이 무너지는 태산에 갇혀 자취를 감춘 이후로 단서연은 조금씩 열려가던 마음의 문을 완전히 닫고 말았다.

"북천이라 여기서 꽤 먼 곳이군요. 마차를 준비해야겠죠?"

그때 단서연의 뒤에서 멀끔하게 생긴 남자가 모습을 드러냈다. 그는 머리를 곱게 빗어 넘겼고, 이마엔 영웅건을 두르고 있었으며 오똑한 콧날과 시원스러운 이목구비를 가지고 있었다.

마치 무림지에서나 나올 법한 영웅의 모습이었다.

"저자는?"

미홍이 양소걸을 향해 조용히 묻자 양소걸이 남자와 단서연을 번갈아 바라보며 조심스레 답했다.

"송손찬이라는 자입니다. 무당파의 무인이고 백리교의 토벌에 나섰다가 단소저를 만난 이후로 단소저의 뒤를 졸졸 따라다니는 중입니다. 듣기로는 열렬히 구애를 보내고 있는데 단소저가 아예 대응조차 하지 않는다더군요."

"아……."

양소걸에게서 북천에 위치한 백리교의 정보를 입수한 단서연이 신형을 돌려 빠져나가자 그녀의 뒤를 졸졸 따라가는 송손찬을 보며 미홍은 측은지심을 느꼈다.

'사랑해선 안 될 여인을 사랑하다니.'

만약 다른 여인이었다면 송손찬을 희망을 가져볼 법도 했다. 그는 잘생긴 외모와 다부진 몸을 가지고 있었으며 무가의 명가인 무당파에서도 알아주는 무인이었다.

그의 열렬한 구애라면 넘어가지 않을 여인이 거의 없었겠지만, 단서연은 달랐다.

그녀는 단 한명의 남자만을 사랑했고, 아직 그녀의 사랑은 유효했다.

"그나저나 백리교의 몸통은 대체 어디일까요?"

고개를 저으며 송손찬과 단서연의 일을 머리에서 지운 미홍이 양소걸을 향해 물었고, 양소걸은 어깨를 으쓱였다.

"지난 삼년 간 백리교의 몸통을 쫓았지만 별다른 소득이 없어요. 지부는 계속해서 늘어나고 있으니 분명 뒤에서 백리교를 조종하는 본체가 있을 텐데… 흔적조차 남기지 않으니……."

"어떻게든 알아내야겠죠. 전 이만 일어나볼게요. 자리를 오래 비울 수가 없어서."

"살펴 들어가세요."

고개를 살짝 숙이며 자리에서 일어난 미홍은 양소걸과 만남을 가졌던 객잔을 빠져나왔다. 그러자 그림자 속에서 두 명의 복면인이 은밀히 모습을 드러냈다.

"그렇게들 나타나지 마세요. 볼 때마다 깜짝 놀란다구요."

미홍의 투정에 복면인들이 당황하며 황급히 고개를 숙였다.

"죄송합니다. 각주."

"괜찮아요. 그나저나 준비는 잘 되어가고 있나요?"

"예. 지시하신 대로 처리하고 있습니다."

"잊지 마세요. 삼 년을 공들인 일입니다. 절대로 실수가 있어선 안 돼요."

"예!"

"그럼 이만 출발하죠."

두 명의 복면인과 함께 미홍이 북천으로 향했다.

* * *

뒷짐을 진 채 경쾌한 발걸음으로 걸어가던 송손찬은 앞서 걸어가는 단서연의 뒷모습을 바라봤다.

발걸음에 맞춰 좌우로 흔들리는 적갈색의 머리카락과 그에 맞춰 살랑살랑 움직이는 그녀의 붉은 머리 장신구는 마치 한 폭의 그림을 보는 듯 했다.

'정말 멋진 여자야.'

송손찬이 단서연과 만나게 된 것은 섬서에 생긴 백리교의 지부를 토벌하면서였다.

꽤나 격렬하게 저항하는 백리교의 무인들을 상대하던 송손찬은 수적 열세에 고전을 면치 못하고 있었다.

그때 단서연과 용천각의 무인들이 송손찬을 지원하러 왔다. 적갈색의 머리를 휘날리며 등장한 단서연은 아름답고 치명적인 검법을 구사하며 백리교의 무인들을 베어 넘겼다.

그 모습이 어찌나 멋있었는지, 송손찬은 그때만 떠올리면 온몸에 전율이 일었다.

한눈에 단서연에게 반한 송손찬은 그때부터 그녀가 가는 곳이라면 어디든지 따라다니며 열렬하게 구애했다.

'그런데 단 한번도 내겐 눈길을 주지 않았단 말이지… 이유가 뭘까?'

자신의 사문이 무당파임을 알렸고, 알뜰살뜰 모은 돈으로 고운 옷도 사보았고, 소싯적에 필요할 때가 있을 거라 생각하여 배운 금을 퉁기며 노래를 불러주기도 했다.

하지만 단서연은 송손찬에게 눈길조차 주지 않았다.

그렇다고 단서연이 말을 못하는 것도 아니었다. 그녀는 자신이 알고 있는 사람들에게 곧잘 얘기도 나누곤 했다.

물론 필요한 말 외에는 거의 하지 않았지만.

"소저. 혹시 제가 소저의 취향이 아닙니까?"

답답한 마음에 단서연의 옆으로 다가간 송손찬이 자신에게 눈길조차 주지 않는 단서연을 향해 물었다.

그러자 앞서 걸어가던 단서연이 처음으로 송손찬의 물음에 반응했다.

"아니."

제자리에 멈춘 단서연이 자신을 응시하며 아니라고 말하자 송손찬은 환히 웃었다.

드디어 단서연이 자신에게 마음을 열었다고 생각한 것이다. 그러나 이내 들려오는 단서연의 말에 송손찬의 얼굴은 환희에서 절망으로 바뀌었다.

"네겐 미안하지만 난 너에게 관심이 없어."

이 말을 끝으로 단서연은 북천을 향해 똑바로 나아갔다. 관심이 없다는 충격적인 발언에 제자리에 얼어붙어 있던 송손찬은 두 주먹을 강하게 말아 쥐었다.

"그래. 이래야 도전해볼 마음이 생기지!"

송손찬은 포기하지 않았다. 단서연은 이대로 주저앉기엔 너무 매력적인 여자였다.

"같이 가요 단소저!"

힘껏 앞으로 달려간 송손찬은 단서연의 옆에 서며 굳은 결의가 담긴 목소리로 외치듯 말했다.

"지금은 소저가 절 봐주지 않지만, 언젠가 단소저가 제게 마음을 열 때까지 전 포기 하지 않을 겁니다."

"그럴 일 없어."

"아뇨. 언젠간 소저가 제게 마음을 열… 다, 단소저!"

송손찬이 자신의 마음을 고백하기엔 단서연의 속도는 너무도 빨랐다.

* * *

"벌써 삼년이 지났네요."

"그러게요."

청성자와 청성파의 무인들의 묘지엔 새로운 무덤이 하나 생겼다. 구름모양이 각인 된 검이 꽂혀 있는 묘지엔 푸른 새싹들이 자라있었다.

"무공자에 대한 소식은 아직… 없는 거겠죠?"

"네."

씁쓸한 표정을 지으며 자리에서 일어난 운현은 허공을 올려다보았다. 벌써 삼년이란 세월이 흘렀지만 무연에 대한 소식은 아무 곳에서도 들려오지 않았다.

개방과 마교의 오양각에서 무연의 흔적을 찾으려 산동의 태산을 이 잡듯이 뒤졌지만, 끝내 무연이나 단명우의 흔적은 발견되지 않았다.

애초에 그들이 묻힌 곳은 태산(泰山)이라 불리던 산이었으니 그 아래에 묻힌 두명의 남자를 찾기란 불가능이었다. 하지만 모두가 죽었을 거라 생각하고 있는 와중에도 운현은 무연이 죽었으리라 생각지 않았다.

"무연은 아직 살아 있을 거예요. 언제나 그렇듯 짜잔 하고 나타날 거예요. 나 사실 안 죽었어 하면서 말이죠."

"네. 맞아요."

백아연은 애써 웃으며 고개를 끄덕였지만, 그녀의 손길

은 어느새 운현의 얼굴을 부드럽게 감쌌다.

"기대도 좋아요."

"남자가 기대는 거… 보기 흉하지 않아요?"

"저에 대해 아직 모르시는 게 많으시네요."

웃으며 운현을 자신의 품에 끌어안은 백아연은 운현의 등을 토닥였다.

모두가 2년이란 세월이 지날 때까지는 무연이 살아 있을 거라 믿었다. 그는 무신이었고, 어떠한 위험이나 어려움 속에서도 끝내 살아남았으니까.

그의 죽음은 세상이 멸망한다는 말처럼 믿기 힘든 종류의 것이다. 그러나 3년이란 세월은 덧없이 흘러갔고, 무연은 여전히 나타나지 않았다.

만약 그가 살아 있었으면 나타나지 않을 이유가 없었으니, 백아연은 은연중에 무연이 정말로 죽은건 아닐까 라는 생각을 하곤 했다.

물론 운현을 위해 겉으로 내색하진 않았지만.

"백리교가 사천에 나타났다고 해요. 이번에도 단소저가 갔겠지요."

"가고 싶으세요?"

"그러고 싶은데 들러야 할 곳이 있잖아요."

"괜찮으시겠어요?"

괜찮냐는 백아연의 물음에 그녀의 품을 벗어난 운현이 머리를 긁적였다.

"글쎄요. 이런 적은 처음이라……."

"너무 걱정 마세요. 운공자는 청성파의 장문인이시잖아
요."

아직은 초라하기 그지없지만, 청성파는 운현의 아래에
새롭게 태어나는 중이었다. 청성자와 함께 목숨을 잃은 대
부분의 청성파 무인들은 청성파의 정예 무인들이었다.

덕분에 청성파의 젊거나 어린 무인들은 문파에 남아 있
었고, 살아남을 수 있었다.

운현은 이들과 함께 청성파를 재건하기 위해 힘썼다.

"어차피 사천과 청해는 엎어지면 코 닿을 거리에 있으니
이참에 가는 것도 좋겠어요."

"좋아요."

운현은 백아연의 이마에 조용히 입 맞춘 후 청해를 향하
는 마차에 몸을 실었다.

백리교(白履敎)

북천에 도착한 단서연과 송손찬은 양소걸과 미홍이 건네
준 백리교의 정보를 곱씹으며 주변을 살폈다.

북천엔 강이 많이 흐르고 하천 등이 많은 지역이라 큰 규
모의 장원을 짓거나 건물을 세우기에는 그다지 좋은 곳이
라 할 수 없었다.

하지만 반대로 수림이 우거진 지역이라 무언가를 숨겨야
할 때에는 비교적 괜찮은 곳이라 할 수 있다.

북천에 도착한 단서연과 송손찬은 조심스러운 발걸음으
로 움직이며 품속에서 지도를 꺼냈다.

북천에 상세한 정보들이 담겨 있는 지도엔 백리교 지부

에 대한 여러 정보들이 기록되어 있었는데 무인들의 숫자는 약 삼십여명, 일반인의 숫자는 추정 불가치라 쓰여 있었다.

"무인들의 숫자가 삼십여명. 일반인은 추정 불가치라… 빈민가에서 온 주민들이라는데 그들을 왜 받아들였을까요?"

"이제 알아봐야지."

자신의 물음에 단서연이 무심하게 대답하자 송손찬은 벅찬 감정을 숨기기가 어려웠다.

그동안 무슨 말을 해도 아무 반응을 보여주지 않던 단서연이 요새 들어서는 짧게나마 대답을 해주곤 했기 때문이다.

자신에게로 점점 마음을 열고 있음을 확신한 송손찬은 결의에 찬 눈동자로 단서연을 응시하며 말했다.

"걱정 마십시오. 저 무당파의 혜성검(彗星劍) 송손찬! 무슨 일이 있어도 단소저를 지켜드리겠습니다."

"죽지나 마."

죽지 말라는 단서연의 말에 뼈가 있음을 느낀 송손찬은 고개를 힘차게 끄덕였다.

"하핫! 걱정 마십시오. 저는 절대로 죽지 않습니다."

절대 죽지 않는다고 호언장담하는 송손찬을 향해 단서연이 복잡한 감정이 담긴 표정을 지었다.

그녀에게서 슬픔, 후회, 외로움 등의 정체를 알 수 없는 복잡한 감정들이 드러나자 송손찬은 단서연에게 자신이

모르는 사연이 있음을 직감했다.

그러나 송손찬은 눈치가 아주 없는 자가 아니었으므로 깊게 묻지 않았다.

그저 죽지 말라는 단서연의 충고를 가슴에 새기며 그녀와 함께 백리교의 지부가 발견된 곳을 향해 움직였다.

거사는 보통 밤에 이루어지듯 단서연과 송손찬 역시 밤이 찾아오길 기다렸다.

해가 저물고 밤이 찾아오자 흑색의 무복을 입고 있던 단서연과 송손찬이 움직였다.

그들은 수림에 작게 지어진 마을을 향해 움직였는데 그곳은 겉으로 봤을 땐 산 속의 자그마한 마을이었지만 실상은 백리교의 지부였다.

백서문을 신으로 추앙하며 떠받드는 곳.

원래 같으면 지원을 기다렸다가 함께 지부를 급습하는 것이 옳은 행동이지만 단서연은 기다릴 것도 없다는 듯 지부를 향해 움직였고, 송손찬은 그녀를 뒤를 쫓았다.

"하암! 피곤하고 춥구만. 겨울이 오는 모양이야."

중년인이 투덜거리며 솜옷을 여몄다.

그러자 그의 옆에 서 있던 노인이 버럭 성을 냈다.

"이놈이! 지금 우리가 이렇게 배부르고 등 따시게 살 수 있는게 전부 백서문님 덕인데 잠이 오는가?"

"그야 그분의 덕에 우리가 이렇게 살 수 있는 거지만 피곤한 걸 어쩌겠는가."

"하늘이 우릴 보고 있을게야. 더 열심히 보초를 서야지."

"알겠네 알겠어. 잔소리 그만하게."

한명의 노인과 중년인이 투덕거리며 주변을 살폈다.

보아하니 마을의 보초인 것 같았는데 그들의 대화가 조금 이상했다.

"백서문을 찬양하는군요."

"그들에게 백서문이란 존재는 밥을 굶지 않게 하고 편히 잘 수 있는 곳을 제공해준 신과 같은 존재일 테니까."

빈민가의 주민들의 행복함과 만족스러움이 드러나는 얼굴을 보며 송손찬은 내적갈등을 느꼈다.

이대로 백리교의 지부를 계속 없애 나가게 되면 남겨진 빈민가의 주민들은 어떻게 되는가?

그들은 또다시 빈곤이라는 이름의 고통 속에서 여생을 살아갈 것이다.

"정신 차려. 백리교가 좋은 뜻으로 빈민가의 주민들을 모으는 것은 아닐 테니까."

"그, 그렇죠."

백도대전 당시에도 백서문은 빈민가의 주민들을 모아 함정을 팠으며 그들의 목숨을 빼앗거나 빼앗으려 했다.

그 사실을 상기한 송손찬은 흔들리는 마음을 다잡았다.

"주민들과의 접촉은 피한다. 수뇌부를 칠거야."

"알겠습니다!"

단서연의 시선이 마을의 가장 외곽에 위치한 둥근 원통 모양의 건물에 닿았다.

보기엔 평범해보였으나 건물의 구조나 마을의 전체적인 모양새를 보자면 원통모양의 건물은 절대 허투루 지어진 것이 아니었다.

마을 전체를 한눈에 내려다 볼 수 있으며 사각이 없는 방어에 아주 유리하도록 지어졌다.

단서연은 한눈에 주요 요충지를 파악하고 그곳을 향해 신형을 날렸다.

달은 구름에 가려져 있었고, 겨울이 다가옴에 따라 추위가 기승을 부렸다.

덕분에 마을 주민들은 각자의 집에 들어가 몸을 녹이며 잠을 청하는 중이었다.

어둠속에 은밀히 움직이는 단서연과 송손찬의 모습은 그림자와 같아서 그들의 모습을 본 이는 아무도 없었다.

눈여겨보던 원통 모양의 건물에 도착한 단서연은 지붕에 내려앉아 귀를 가져다 대며 눈을 감았다.

청각에 모든 신경을 집중한 단서연의 귓가에 안에서는 사내들의 음성이 작게 들려왔다.

"교단에서는 무슨 얘기야? 전부 모이라니?"

"각 지부의 지부장들이 본교에 모였다더군. 아무래도 큰일을 벌일 생각인 것 같은데 요즘은 본교의 생각을 알 수가 없다니까. 빈민가의 사람들을 모아서 지부를 형성하라고 하질 않나……."

"그놈들 입에 들어가는 식비가 장난이 아니야. 못 먹고 자란 놈들이라 그런지 어찌나 우겨넣던지… 그지 같은 놈들."

"어쨌든 하늘의 뜻이야. 따를 수밖에 없어."

그들이 백리교의 수뇌부라는 것을 확인한 단서연은 등에 메고 있던 검집을 꺼내들어 역천검을 뽑아냈다.

"단소저 계획을 세웁……."

서걱—!

역천검을 뽑아낸 단서연은 송손찬의 말이 끝나기도 전에 지붕을 베었고, 그녀의 신형이 잘려나간 지붕의 조각들과 함께 떨어져 내렸다.

"이런 점이 멋지긴 한데… 가끔은 너무 무모하단 말이지."

건물 안으로 들어간 단서연을 따라 송손찬이 신형을 날렸다.

한편, 건물 안에서 본교에서 내려온 지령을 되새기던 백리교의 무인들은 놀란 얼굴로 천장을 올려다보았다.

그도 그럴 것이 지붕이 깔끔하게 잘려나가며 적갈색 머리카락을 가진 여인이 검을 휘두르며 나타났으니 놀라지 않을 수가 없었다.

"적색마녀(赤色魔女)다!"

단서연의 등장에 백리교의 무인들이 허겁지겁 검을 뽑았다.

하지만 단서연과 백리교의 무인들의 수준 차이는 능히 하늘과 땅차이라 할 수 있었으니 적마검을 휘두르며 나타난 단서연은 단 일다경도 되지 않는 시간만에 백리교 북천 지부의 수뇌부들을 제압할 수 있었다.

송손찬은 자신이 뭘 하기도 전에 모든 무인들을 제압한 단서연을 바라보며 멋쩍은 표정과 함께 볼을 긁적였다.

'이렇게나 차이날 줄이야.'

단서연이 강하다는 것은 이미 알고 있었지만, 송손찬은 또다시 단서연이 자신이 닿을 수 없는 경지에 올라 있음을 느꼈다.

"네놈들의 몸통은 어디 있지?"

싸늘한 단서연의 목소리가 백리교의 무인들을 얼어붙게 했다.

적색마녀로 불리는 단서연은 일말의 자비도 없이 적들을 베어 넘기기로 유명한 여 무인이었다.

"마, 말할 수 없… 컥!"

말이 채 끝나기도 전에 역천검에 베인 백리교의 무인들이 추풍낙엽처럼 쓰러져 갔다.

단서연은 적색마녀라는 자신에게 생긴 새로운 별호에 걸맞은 무자비함을 보였다.

그녀는 절대 두번 묻지 않았으니, 자신의 물음에 만족스러운 대답을 하지 않으면 그대로 죽여버렸다.

자비 따위는 없었다.

약 삼십여명의 무인들 중 남은 이는 다섯이었다.

그들은 몸을 벌벌 떨며 죽어간 스물다섯의 무인들을 내려다보았다.

그때 단서연의 시선이 남은 다섯명의 무인들에게로 향했다.

말이 없는 단서연을 보며 다섯명의 무인들이 마른침을 꿀떡 삼켰다.

'마녀는 두번 묻지 않는다……!'

살기 위해서는 무슨 말이라도 해야 한다는 것을 깨달은 다섯명의 무인이 앞 다퉈 소리쳤다.

"청해… 청해에 백리교의 본교가 있습니다. 그곳으로 가면…….'

서걱―!

본교의 위치를 불고 있던 첫번째 무인의 목이 땅바닥을 뒹굴었다.

뒤이어 단서연의 시선이 나머지 네명의 무인들에게로 향했다.

그녀의 눈은 진실을 요구하는 듯 했다.

"정말입니다. 청해! 청해에 백리교의 본교가 있습니다.'

"그래.'

송손찬의 얼굴엔 깊은 어둠이 깔렸다.

항상 쾌활하던 그에게 어울리지 않는 모습이었다.

"굳이 전부 죽여야 했습니까?'

"살려 둘 이유가 없다.'

"하지만 저들은 이미 제압되어 있던 상태였잖습니까.

게다가 물어본 것에 대해서도 사실대로 답하지 않았습니까?"

"살려준다 하지 않았어."

"그런……."

처음으로 송손찬은 단서연이 잔인하다 느꼈다.

그녀는 냉정했고, 일말의 자비심도 없었다.

마치 모든 백리교의 무인들이 철천지원수라 여기는 것만 같았다.

죽어도 풀리지 않는 분노를 가진 채.

푸드드득—!

힘찬 날개 짓 소리가 건물 바깥에서 들려왔다.

이를 발견한 단서연은 망설임 없이 검을 휘둘러 건물의 벽을 박살낸 후 밖으로 빠져나왔다.

그곳엔 한 소녀가 겁에 질린 채 울먹거리며 서 있었다.

"뭘 했지?"

단서연의 물음에 소녀는 아무런 대답도 하지 못한 채 제자리에 얼어붙었다.

그런 소녀의 옆에는 전서구를 관리하는 일종의 새장이 있었다.

소녀가 전서구를 날렸음을 깨달은 단서연은 차갑게 얼어붙은 얼굴로 소녀에게 다가갔다.

"단소저!"

송손찬은 단서연이 소녀마저 죽일지도 모른다는 생각에 재빨리 달려갔고, 소녀를 자신의 등 뒤로 숨겼다.

"이 아이는 아무것도 모릅니다. 백서문이 누구인지도 모르고! 백리교가 무엇인지도 모를 겁니다. 그저 평소에 사람들이 하는 것을 따라했거나 배운 대로 했을 거예요. 그러니까……."

"비켜."

"절대 못 비킵니다. 제아무리 단소저라 해도!"

묘한 대치상황에서 먼저 움직인 쪽은 단서연이었다.

그녀는 볼일이 끝났다는 듯 하늘을 바라보며 작게 휘파람을 분 뒤 신형을 날렸다.

홀로 남겨진 송손찬은 등 뒤에서 바들바들 떨고 있는 소녀의 머리를 부드럽게 쓰다듬었다.

"무서워 말거라. 나는 나쁜 사람이 아니란다. 그저… 잘못된 행동을 하는 사람들을 바로잡으려 하는 거야. 그러니 이제 집으로 돌아가 부모님께 가거라."

"네……."

소녀는 짧은 팔다리를 이리저리 흔들며 집으로 달려갔고, 소녀가 집으로 돌아가는 모습을 지켜보던 송손찬은 단서연이 달려간 곳을 향해 신형을 날렸다.

두 사람이 떠나고 홀로 남겨진 소녀를 향해 몇 명의 흑의인이 모습을 드러냈다.

"실수 없이 했느냐."

흑의인의 물음에 소녀는 야무진 얼굴로 고개를 끄덕였다.

                    *   *   *

　"양형."

　"오! 운동생 오랜만이야. 그런데 여긴 어쩐 일로?"

　"청해로 가던 길에 양형이 이곳에 있다는 소식을 들어 잠깐 들렀습니다."

　백아연과 함께 나타난 운현은 양소걸과 만난 함께 찻잔을 기울이며 얘기를 나눴다.

　"그럼 서연과 송손찬이라는 자가 북천으로 향한 겁니까?"

　"응. 뭐 단소저의 실력이라면 자그마한 지부정도는 홀로 처리할 수 있을 거야."

　"걱정이네요. 무연이 사라지고 나서 서연이 마음의 문을 꽉 닫아 놓은 바람에……."

　"하긴 그런 얘기들이 있어. 단소저가 점점 더… 차갑고 잔인해진다는……."

　마교에서 나고 자란 단서연은 꽤나 차갑고 무심한 성격을 지니고 있었지만, 무연과 용천단원들을 만나며 변해갔다.

　그녀 안에 숨어 있던 따스함이 바깥으로 드러나기 시작한 것이다.

　하지만 백도대전 이후 단서연은 백서문과 관련된 모든 것을 없애는 데에 모든 시간을 쏟았고, 백리교의 무인들에게 자비를 베풀지 않았다.

변해가는 단서연의 모습을 떠올리던 백아연이 쓸쓸한 표정을 지었다.

　드륵—!

　양소걸과 운현 그리고 백아연이 담소를 나누던 곳의 방문이 벌컥 열리며 개방의 거지가 모습을 드러냈다.

　그는 다급한 몸짓으로 다가와 양소걸과 운현을 돌아보며 말했다.

　"단서연님께서 백리교의 몸통의 소재지를 찾았다 합니다!"

　"뭐라고!"

　여태껏 미궁에 빠져 있던 백리교의 위치를 단서연이 찾아냈다는 소식에 양소걸과 운현이 자리를 박차고 일어섰다.

　"거기가 어디인가!"

　"현재 단서연님께서 매를 날려 보내 전서구의 뒤를 쫓고 있으며 청해를 향하고 있다고 합니다."

　"청해라고? 제길! 중원의 외곽에 위치하고 있을 거라 생각은 하고 있었지만, 이렇게 가까운 곳에 있을 줄이야!"

　백리교의 몸통이 청해에 있음을 확인한 양소걸과 운현, 백아연이 바깥으로 나오자 그곳엔 이미 미홍과 오양각의 정보원들이 자리 잡고 있었다.

　"들었어요?"

　양소걸의 물음에 미홍이 고개를 끄덕였다.

　"아무래도 시간이 별로 없는 것 같아요. 듣자하니 본교

로 지부장을 포함한 백리교의 수뇌부들이 모여들고 있다
고 해요. 큰일을 벌일 심산인 것 같은데 시간이 별로 없어
요."

"이번 기회를 놓치면 몸통을 칠 수 없을 거예요."

미홍과의 대화를 마친 양소걸이 운현과 백아연을 향해
고개를 돌렸고, 그와 눈빛을 교환한 운현은 백아연에게 옅
은 미소를 지었다.

"만남은 뒤로 미뤄야겠어요."

"네. 지금은 더 급한 일을 해야죠."

시간이 별로 없었다.

무인들을 끌어 모을 시간조차 없었고, 날고 긴다는 고수
들을 모을 수는 더더욱 없었다.

할 수 없이 소수정예로 움직여야 했기에 미홍과 양소걸,
운현과 백아연이 청해를 향해 움직이기로 했다.

다행히 미홍이 발 빠른 말을 준비해뒀고, 그들은 말을 타
고 청해를 향해 달려갔다.

* * *

청해와 사천은 말 그대로 엎어지면 코 닿을 거리에 있었
으니 단서연과 송손찬은 금세 청해에 닿을 수 있었다.

매곡의 머리를 쓰다듬어주던 단서연은 매곡이 물어온 전
서구를 내려다보았다.

우습게도 전서구의 다리에는 아무것도 매달려 있지 않았

다.

전서구를 날려본 적이 없는 소녀가 어깨너머로 본 것을 따라 전서구를 날려 보냈을 뿐 서신을 매달거나 하진 못한 것이다.

"저기가 백리교의 본교인가요?"

"아마도."

"개방과 오양각이 못 찾는 것도 이해가 되네요."

현재 두 남녀가 도착한 곳엔 커다란 장원이 있었다.

그런데 장원의 현판에 적힌 글자는 백리교가 아닌 청해상단(靑海商團)이었다.

청해상단은 꽤 유명한 상단은 아니었지만 유구한 역사를 가진 상단이었으며 청해를 대표하는 상단이기도 했다.

예부터 존재해온 상단이었기에 개방과 오양각은 청해상단이 백리교와 연관이 있을 거란 생각을 할 리 없었다.

"혹시 그 아이가 전서구를 잘못 날려 보낸 것은 아닐까요?"

"이유야 어찌됐건 청해상단이 백리교와 연관이 있는 것은 확실해. 이제부터 알아보면 되겠지."

여전히 무심하기 그지없는 단서연을 향해 송손찬은 처음으로 두려움을 느꼈다.

그건 단서연을 향한 두려움이 아니었다.

청해상단의 상단원이나 상단주가 백리교와 연관이 있는 것이 밝혀지고 단서연이 그들을 향해 무자비한 칼날을 들이밀까 두려웠다.

그들의 죽음이 두려웠고, 죽음을 지켜볼 수밖에 없는 자신이 두려웠다.

"서연!"

"단소저."

익숙한 목소리에 고개를 돌린 단서연은 운현과 백아연을 발견할 수 있었다.

뒤이어 미홍과 양소걸이 함께 모습을 드러냈다.

그들은 청해상단을 올려다보며 주먹을 불끈 쥐었다.

"설마 청해상단이 백리교와 관련이 있을 줄이야. 이제야 백리교의 출처를 알 수 없는 막대한 자금줄을 알겠네요."

"이제 어떻게 하죠?"

미홍이 단서연을 향해 묻자 단서연은 청해상단에 등을 돌렸다.

"일이 벌어지기 전에 움직여야 해. 지부장들이 모두 모여 있으니 지금이 아니면 그들을 모두 잡아둘 수 없어."

단서연의 말이 끝나고 얼마 지나지 않아 어두운 그림자 속에서 한두명의 복면인이 모습을 드러냈다.

그들은 자신들을 바라보는 미홍의 눈치를 봤고, 미홍은 괜찮다는 듯한 손짓을 했다.

그러자 안심한 복면인들이 일행들을 향해 입을 열었다.

"현재 청해상단의 분위기가 심상치 않습니다. 상단주인 장해경과 백색 무복을 입은 남자와 말다툼을 벌이고 있었는데 아무래도 장해경의 가족들이 백리교에 의해 사로잡혀 있는 듯합니다."

"그럼 협박에 의해서 어쩔 수 없이 백리교를 도운 건가?"

"그건 아닌 것 같습니다. 빈민들을 대상으로 무슨 실험을 한다는 것 같은데… 장해경은 이에 반대하여 의견충돌이 있는 것 같습니다."

"실험?"

미홍과 복면인의 대화에서 실험이라는 단어가 튀어나오자 단서연의 눈빛이 맹렬하게 불타올랐다.

"자세히 말해."

귀를 파고드는 매서운 목소리에 복면인이 온몸을 긴장하며 똑바로 섰다.

"정확히 무슨 실험인지는 모르겠으나 청해의 근처에 천고음영지가 있으니… 뭘 어떻게 한답니다."

"강시."

강시라는 말이 단서연의 입에서 흘러나오자 모두의 시선이 단서연에게로 향했다.

그러자 단서연이 청해상단을 바라보며 말을 이었다.

"천고음영지는 강시를 만드는 곳이야."

"그럴 수가… 최근 일 년 사이에 백리교가 빈민들을 끌어모으기 시작했어요. 그 이유가 강시를 만들기 위해서였다니!"

미홍이 비명을 지르듯 외쳤고, 모두의 얼굴이 딱딱하게 굳어졌다.

"실험은 오늘 밤부터 시작될 거라고 했습니다."

234

오늘 밤.

실험이 성공적으로 끝이 나든 아니든 무고한 빈민들의 죽음이 이루어질 것이고, 성공한다면 걷잡을 수 없는 비극이 시작될 수도 있었다.

백리교가 부족한 무인들의 숫자를 메우고 중원을 지배하기 위한 방법의 일환으로 강시를 선택했다는 것을 알아낸 일행은 자신들에게 주어진 시간이 별로 없음을 다시 한번 깨달았다.

"실험이 실패하든 성공하든 강시와 관련된 실험은 무조건 막아야 해."

"그럼 오늘 밤……."

"움직인다."

청해상단의 근처에서 밤이 찾아오기를 기다린 일행은 해가 지고 달이 떠오르자마자 행동을 개시했다.

미홍은 전투원으로서는 부족한 무공실력을 가지고 있었기에 부하들과 함께 자리에 남아 지원을 요청하기로 했고, 단서연을 필두로 한 운현, 백아연, 송손찬, 양소걸이 흑색 무복을 입고 청해상단을 향해 움직였다.

개개인이 뛰어난 무공을 지닌 탓에 장원으로의 잠입은 깔끔하고 손쉽게 이루어졌다.

그들은 은밀하게 움직이며 청해상단을 살폈다.

"강시를 만들기 위해서는 시체가 필요해. 그러기 위해서 빈민들을 죽일 테고 이송간에 시체가 썩지 않게 하기 위해서 특수처리를 할 테니 이를 위한 공간을 따로 만들어뒀을 거야."

"상단에는 특수한 품목들을 다루기 위해서 얼음들을 보관하는 장소가 있을 겁니다. 어쩌면……."

양소걸과 단서연의 시선이 서로를 마주했다.

"그곳으로 가자."

"예."

청해상단처럼 규모가 있는 상단에는 다양한 상품들을 취급했기에 특수 품목들의 보관을 위해 얼음 등을 보관하는 장소가 있었다.

얼음은 상당히 구하기 힘들고 귀한데다가 보관하는 것도 까다로워 보관장소를 따로 만들어두곤 했는데 이를 찾는 것은 그다지 어려운 일이 아니었다.

상단의 중심부에 위치한 곳엔 백색으로 벽면을 칠해놓은 건물이 하나 있었다.

이를 발견한 일행들이 눈빛을 교환했다.

얼음을 보관할 만한 장소를 찾은 것이다.

그곳엔 무려 열명의 무인들이 사방을 경계하며 서 있었다.

"어떻게 할까요?"

"저곳을 그냥 두면 안 돼. 어떻게든 없애야 해."

단서연은 백색의 건물을 향해 내려앉았고, 그녀의 뒤를 따라 운현과 백아연, 양소걸, 송손찬이 뒤이어 떨어져 내렸다.

그들은 각자의 무기를 꺼내들며 싸울 준비를 했다.

그런데 상황이 미묘하게 돌아갔다.

자신들과 마주하자마자 싸움을 걸어올 거라 생각한 백리교의 무인들이 몸을 벌벌 떨며 들고 있던 무기들을 바닥에 떨군 것이다.

"이 녀석들은… 백리교의 무인들이 아니야. 빈민들… 제기랄 함정이야!"

빈민들은 무인들처럼 무복을 입고 병장기를 들고 있었지만, 그들에게선 내력이 느껴지지 않았고 공포만이 느껴졌다.

함정이라는 것을 알아차린 운현이 검을 들고 뒤를 돌아보는 순간 상단이 환해졌다.

사방에서 나타난 횃불과 등불이 단서연과 일행들을 비추기 시작했고, 상단 여기저기에서 셀 수도 없이 많은 수의 백리교 무인들이 모습을 드러냈다.

"하하하! 이거… 대어가 낚였군!"

본당에서 백색 장포의 남자가 모습을 드러냈다.

그는 흰색 가면을 쓰고 있었는데 가면 사이로 비춰진 그의 눈동자엔 희열이 느껴졌다.

"적색마녀와 청성파의 운현! 그리고 신을 배신한 백아연과 개방의 양소걸이로군… 음 네놈은 누구냐?"

장포의 남자가 송손찬을 향해 묻자 그는 검을 치켜들며 용맹이 소리쳤다.

"나는 무당파의 송손찬이다!"

"하하. 무당파의 무인까지! 이거 예상보다 훨씬 큰 대어들이 많이도 낚였군, 미안하지만 네놈들의 앞에 놓인 백색 건물은 아무것도 없는 상단의 창고다. 물론 네놈들은 멍청하게도 강시를 위한 시신보관소라 생각했겠지."

모든 것을 알고 있다는 듯 일행들을 비웃는 장포의 남자를 보며 단서연은 의아함을 느꼈다.

'어떻게 알고 있는 거지?'

시기가 미묘했고, 상황이 이해되지 않았다.

장포의 남자는 마치 단서연과 일행들의 움직임을 훤히 꿰뚫고 있는 것만 같았다.

그때 오양각의 복면인들을 떠올린 단서연은 고개를 홱 돌리며 양소걸을 바라봤고, 양소걸도 단서연과 같은 생각을 하고 있었는지 벌려진 입을 다물지 못하고 있었다.

지금까지 백리교의 지부에 대한 정보를 물어온 것은 미홍과 오양각이었다.

그리고 청해상단을 잠입한 오양각원은 마치 옆에서 들은 것처럼 청해상단 내부의 일을 꿰뚫어 보듯 알고 있었다.

모든게 이상했다. 모든게 수상했다.

이 모든 것이 말하는 것은 단 하나.

내부에 배신자가 있었고, 배신자의 정체는…….

청해상단의 정문이 끼익— 소리를 내며 열리고 오양각의 각원들과 함께 미홍이 모습을 드러냈다.

그녀는 함정에 걸린 일행들을 보며 두손을 모으며 가볍

게 조소했다.

"대단하군. 칭찬해주지 오양각주. 네 덕분에 적색마녀와 운현, 양소걸에 배신자인 백아연까지 사로잡았으니."

"약속이나 지켜."

"하하! 물론이지 네 말대로 빈민가의 빈민들은 백리교의 하늘 아래에서 편히 살 수 있을게다. 그나저나 왜 그렇게까지 빈민들을 아끼는 거지? 동료들을 배신하면서까지?"

"그런게 있어."

"네가 과거에 빈민촌에서 어렵게 자랐다는 얘기는 익히 들었다. 그 때문이냐?"

"뭐 없다고는 할 수 없지만, 내겐 더 중요한 일이 있거든."

미홍이 신형을 돌려 단서연과 운현을 마주했다.

그들은 상상도 못한 미홍의 배신에 큰 충격을 받은 듯 했다.

"미안하지만 단소저… 마교를 위해 죽어 주셔야겠어요."

"뭐라고?"

"무림맹이 파맹한 지금만큼 마교가 중원을 일통할 좋은 시기는 없을 거예요. 하지만 그러기 위해서는 명분이 필요했고… 저는 명분을 만들어야 했거든요."

"태소운도 알고 있나?"

단서연의 물음에 미홍이 손사래를 치며 붉은 입술을 달싹이며 웃었다.

"그럴 리가요. 교주님은 모르세요. 하지만 단서연이 운현에 의해 죽었다… 라고 하면 교주님도 눈이 뒤집히시지 않으시겠어요? 그럼 제 2의 정사대전이 시작되는 거죠. 하지만 무림맹이 없는 지금 마교는 백리교와 함께 무림을 일통할 생각이에요."

"정말로 그딴 일이 벌어질 거라 생각하는 거야!?"

말도 안 된다는 표정으로 소리치는 양소걸을 향해 미홍이 입가에 미소를 지우며 답했다.

"지켜보세요. 가능한지 불가능한지. 아… 이제 죽을 거라 못 보겠구나. 하늘에서 지켜보세요. 후훗."

"도대체 왜 배신한 겁니까."

이번엔 운현이 물었다. 그러자 미홍이 어깨를 으쓱했다.

"그냥 무림맹에 실망했고, 백도 무림에 실망했다고만 알아두세요. 그리고 제가 이 순간을 얼마나 기다렸는지! 이건 나를 구해줬던… 구개자님을 죽인 개방에 대한 복수이자. 빈민들은 신경도 쓰지 않고 제 잇속만 채우는 백도 무림에 대한 복수에요."

미홍의 진심은 이제 전부 알았으니, 단서연에게 남은 것은 싸우는 것뿐이었다.

역천검을 들어올린 단서연이 적마검을 발현했다.

검붉은색으로 불타오르는 적마검은 과거의 적마검과는 비교도 할 수 없을 정도로 강렬한 기운을 내뿜었다.

뒤이어 운현이 검을 들어올렸고, 청색의 검강이 운현의 검신을 뒤덮었다.

단 두명이었지만 그들이 내뿜는 기운은 청해상단을 가득 뒤덮었다.

"역시 검신의 제자답군. 게다가 적색마녀··· 역시 대단하군. 이곳에서 네놈년들을 죽이지 못한다면 백리교는 영원히 중원에 나설 수 없었을 테지! 나 백리교의 교주 사철억이 명령한다! 백리교의 하늘아래에 모인 모든 무인들은 저들을 하늘의 이름으로 처단하라!"

"와아아아!"

엄청난 숫자였다. 능히 이백명은 될법한 백리교의 무인들이 각자의 무기를 치켜들었고, 그 중에서는 이름난 고수들도 상당수 존재했다.

이백명과 다섯명. 거인을 상대하는 어린아이의 싸움과도 같았다.

"한명 당 백명만 쓰러뜨리면 되겠네."

양소걸이 애써 밝게 웃으며 말했고, 운현은 백아연의 손을 강하게 맞잡았다.

"걱정 마요. 끝까지 함께 할 테니."

부드러운 운현의 목소리에 백아연이 미소를 지었다.

"걱정 안 해요. 당신이 곁에 있으니."

서로를 의지하는 운현과 백아연처럼 단서연에게 다가간 송손찬은 단서연과 어깨를 나란히 하며 결의를 다졌다.

"제 목숨을 바쳐 단소저를 지켜드리겠습니다."

"죽지 마."

진심어린 단서연의 충고에 송손찬이 환하게 웃었다.

"네!"

이백 대 다섯의 싸움.

상상조차 되지 않는 싸움이 시작되었다.

적마검을 꺼내든 단서연과 운현이 선두로 달려가기 시작했고, 적홍의 기운이 사방으로 몰아치며 백리교의 무인들을 공격하기 시작했다.

마신의 손녀딸과 검신의 제자가 무위는 엄청났다.

수적 열세는 그들에게 아무 의미 없었다.

적월마검을 유려하게 펼치는 단서연에겐 붉은 검기가 아름답게 휘몰아쳤고, 청월유성검법을 휘두르는 운현에게선 청색의 유성이 떨어져 내렸다.

다소 허무하게 끝날 거라 생각했던 싸움은 꽤나 길게 이어졌고, 싸움이 길어질수록 백리교의 교주인 사철억의 표정은 점점 굳어졌다.

"말도 안 된다… 이건 말도 안 돼!"

이백명에 달하는 백리교의 무인들이 처참하게 무너져내리고 있었다.

송손찬과 양소걸, 백아연의 무공도 뛰어나 그들을 대적하는 무인들이 고전을 면치 못하고 있었지만, 그건 문제도 아니었다.

진정한 문제 덩어리는 두명의 남녀였으니 그들은 소싯적 마신과 검신을 모습을 그대로 보여주고 있었다.

약 백여명의 무인들이 두명의 남녀를 어쩌지 못하고 주춤거리며 물러섰다.

달빛 아래에서 펼쳐지는 적월(赤月)과 청월(淸月)은 멈추는 법이 없었다.

그러나 싸움에서 숫자가 가지는 힘은 컸다.

무인들이 가진 단전의 크기는 한정적이었고, 그 안에 담긴 내공에도 한계가 있었다.

반시진이 넘는 시간동안 무려 백오십여명의 무인들을 쓰러뜨린 다섯명의 무인들은 가쁜 숨을 몰아쉬며 서로의 등을 맞댔다.

그들의 주변을 남은 오십여명의 백리교 무인들이 에워쌌다.

"하하! 그래 네놈들이 진짜 신이 아닌 이상 우리 전부를 상대할 순 없지!"

이마에 흐르는 식은땀을 소매 자락으로 훔친 사철억은 청해상단의 정문을 뚫어져라 응시했다.

'이제 올 때가 되었거늘! 왜 아직도 오지 않는 거야?'

사철억은 백리교의 지원 병력을 기다렸다.

그러던 중 청해상단의 정문이 쿵— 쿵— 하고 울렸다.

"하하하! 이놈들 이젠 정말로 끝이다. 네놈들을 잡기 위해 내가 겨우 이백명을 준비했을 거라 생각하느냐. 이제 저 문을 넘어 삼백에 달하는 백리교 무인들이 네놈들을 짓밟아놓을 것이다!"

이제야 겨우 백오십명을 쓰러뜨렸건만, 삼백에 달하는 백리교 무인들이 도착했다는 사철억의 말에 송손찬이 입술을 잘근 깨물며 장난스럽게 말했다.

"단소저. 죽지 말라는 말… 지키지 못할 것 같네요."

"후우."

짧게 심호흡을 마친 단서연은 머리에 달린 장신구를 빼고 가슴에 품었다.

죽음이 목전까지 다가왔음에도 왜인지 마음이 편했다.

"내가 길을 만들 테니 그 길로 빠져나가."

"예?"

"운현."

"응."

단서연이 자신을 바라보는 운현을 지그시 바라보며 말했다.

"너와 내가 길을 만들어야 해. 그럼 양소걸과 백아연, 송손찬은 살릴 수 있을 거야."

"좋은 생각이야."

한명이라도 살려야 한다는 생각에 단서연과 운현은 길을 만들기로 했다.

비록 자신들은 살 수 없겠지만, 셋 중 한명 혹은 운이 좋으면 셋 다 살릴 수 있을 것이다.

"운공자!"

백아연이 자신을 남겠다는 듯 운현의 팔을 붙잡자 운현이 그녀를 향해 고개를 저었다.

"제 2의 정사대전을 막기 위해서는 진실을 아는 사람이 필요해요. 그러기 위해선 꼭 살아남아야 해요."

"싫어요. 저도 남겠어요. 진실을 아는 사람은 두명이면

충분해요. 송월님이 주신 목숨. 당신을 위해 끝까지 싸우 겠어요."

거부할 수 없는 백아연의 진심에 운현은 할 수 없이 고개 를 끄덕일 수밖에 없었다.

양소걸은 자신도 남겠다고 주장했지만, 누군가 살아남 아야 한다면 양소걸이 살아남아야 한다는 단서연과 운현 의 강경함 때문에 양소걸은 할 수 없이 피가 나도록 이를 악문 채 고개를 끄덕일 수밖에 없었다.

쿵— 쿵—!

문을 두들기는 소리가 더욱 크게 들려왔고, 단서연과 운 현은 검을 들며 힘을 끌어올렸다.

마지막 싸움을 위해 모든 힘을 쏟아낼 생각이었다.

이때 사철억이 정문에 서 있던 백리교 무인들을 향해 답 답한 듯 소리쳤다.

"당장 문을 열어 뭣들하고 있는 거야!"

"아, 알겠습니다."

교주의 명령에 무인들이 굳게 닫힌 정문을 열기 위해 달 려갔고, 이를 지켜보던 단서연과 운현은 더욱 강한 힘을 끌어올렸다.

곧이어 정문으로 다가간 무인들이 문을 열기 위해 손을 뻗었다.

그때였다.

콰아아앙—!!

엄청난 폭음과 함께 청해상단의 거대한 정문이 한순간에

박살났다.

　그리고 터져나가는 정문사이로 튀어나온 파편들과 함께
백리교의 무인들이 사방으로 튕겨나가며 한 사내가 박살
난 청해상단의 정문 사이로 모습을 드러냈다.

무신(武神)

“이게 무슨……!”

산산조각난 청해상단의 정문사이로 한 남자가 모습을 드러냈다.

그는 칠흑으로 빛나는 기다란 흑발을 휘날리며 청해상단의 중심부를 향해 천천히 걷고 있었다.

그의 등 뒤로는 삼백여명에 달하는 백리교 무인들의 시신이 아무렇게나 널브러져 있었다.

“저 사람은 누구죠?”

정문을 박살내며 등장한 남자를 발견한 송손찬이 단서연을 향해 물었다.

하지만 대답은 들려오지 않았다. 대신 단서연의 몸이 파르르 떨렸다.

"단소저?"

단서연의 눈에 눈물이 고여 있음을 발견한 송손찬은 놀란 얼굴로 새로이 등장한 사내와 단서연을 번갈아 바라봤다.

"거… 검은 범!"

사철억이 떨리는 목소리로 소리쳤다.

허리까지 길게 내려오는 검은 머리의 사내는 자신의 옆에 서 있는 미홍을 향해 천천히 입을 뗐다.

"내가 요구한 건 이게 아닐 텐데?"

"당신이 늦은 거예요. 어휴… 내가 당신 때문에 얼마나 마음고생을 했는지 알아요!? 그리고 백리교의 수뇌들을 한자리에 모으려면 어쩔 수 없었어요. 미끼가 필요했다구요."

제자리에 주저앉아 긴 한숨을 내쉬는 미홍을 뒤로 한 채 앞으로 걸어나간 남자는 단서연과 운현 등을 에워싼 오십여 명의 백리교 무인들을 바라보다가 시선을 옮겨 백리교의 교주 사철억을 응시했다.

"뭐, 뭣들 하는 거냐. 저놈을 막……."

이것이 사철억이 마지막으로 내뱉은 말이었다.

그의 목을 꺾어 죽인 사내는 여전히 다섯명의 무인들을 에워싸고 있는 오십명의 백리교 무인들을 향해 신형을 돌렸다.

"덤빌 테냐. 죽겠다면 그리 해주겠다."

사내의 말이 끝나기가 무섭게 오십명의 백리교 무인들이 들고 있던 병장기를 내려놓으며 바닥에 납작 엎드렸다.

삼백에 다다르는 백리교 무인들을 단신으로 이겼으며 교주인 사철은 어떻게 죽였는지 보지도 못했다.

그런 사내를 상대로 어떻게 싸울 수 있겠는가.

백리교의 무인들이 항복을 선언하자 그들을 헤치고 앞으로 나선 단서연은 사내를 향해 곧장 걸어갔다.

그녀의 발걸음은 점점 빨라지다가 이내 달리기 시작했고, 사내의 앞에 선 단서연은 역천검을 땅에 박아넣은 뒤 사내의 품에 뛰어들었다.

"단……."

퍼억—!

단서연의 주먹이 사내의 복부에 정확히 꽂혀 들어갔고, 이 모습을 지켜보던 송손찬은 이해가 안 된다는 표정을 지었다.

그러자 양소걸이 송손찬의 옆으로 다가가 말했다.

"안타깝지만 송소협은 서연이를 사랑해선 안 되겠는걸요."

"예?"

"안 그럼 저기 서 있는 사내를 상대해야 할 테니까요."

"저…자는 누굽니까?"

누구냐는 송손찬의 질문에 운현이 촉촉해진 눈동자로 허탈하게 웃으며 말했다.

"무신(武神)이요."

불의의 일격을 맞은 무연은 자신을 향해 눈물을 뚝뚝 흘
리며 증오와 애정, 원망과 반가움이 뒤섞여 있는 단서연의
얼굴을 응시했다.

"내가 다 설명할 수 있어."

설명할 수 있다는 무연을 향해 단서연이 고개를 숙였다.

그녀는 천천히 무연에게 다가가 그의 가슴을 조심히 끌
어안으며 말했다.

"됐어. 설명할 필요 없어… 그저… 살아 있으면 그걸로
된거야."

무연은 자신의 품속에서 조용히 흐느끼는 단서연을 힘껏
끌어안았다.

* * *

"그러니까. 너는 무연이 살아 있는걸 알고 있었다?"

미홍은 식은땀이 흐르고 입안이 바짝바짝 말랐다.

그녀의 앞에 앉아 있는 단서연이 팔짱을 낀 채 부리부리
한 눈을 한껏 치켜뜨고 있었기 때문이다.

"미홍을 타박하지 마. 내가 부탁한대로 행동해 줬……."

날카롭게 쏘아보는 단서연의 눈빛에 무연이 입을 다물었
다.

천하의 무신도 사랑하는 여인의 앞에서는 한없이 작아졌

다.

"어떻게 된거야. 태산에 묻힌게 아니었어?"

"말하자면 길어."

"그래도 해줘."

지난 삼년간의 일이 궁금하다는 단서연과 운현 그리고 나머지 일행들의 간절한 시선을 한몸에 받던 무연은 과거를 회상하며 이야기를 시작했다.

"단명우와의 마지막 싸움에서……."

단명우와의 마지막 격돌에서 무연은 모든 힘을 쏟아낸 덕에 그를 이길 수 있었다.

하지만 그로 인해 태산은 완전히 무너져 내리기 시작했고, 무연은 꼼짝없이 죽음을 기다릴 수밖에 없었다.

그러던 중 무연의 눈에 작은 출구가 눈에 띄었다.

원래는 땅 속에 묻혀 보이지 않던 출구였는데 단명우와의 격돌에서 일어난 무연의 폭발적인 기운에 의해 땅이 솟구쳤고, 그로 인해 감춰져 있던 출구가 모습을 드러낸 것이다.

이번이 처음이자 마지막 기회임을 짐작한 무연은 출구를 향해 온몸을 내던졌고, 간발의 차이로 무너지는 태산에서 벗어날 수 있었다.

하지만 문제는 그때부터였다.

자연기를 무리해서 운용한 탓에 몸이 붕괴되기 시작했고, 급격한 노화가 시작되었다.

원래의 나이를 되찾은 무연은 자글자글한 주름살과 흰머리를 지닌 채 땅바닥을 나뒹굴었다.

온몸의 기운이 빠져나가 생명을 유지할 기운마저도 남아 있지 않았다.

'이제 정말로⋯ 끝이군.'

끝을 직감한 무연은 눈을 감은 채 죽음을 기다렸다.

그런데 놀라운 일이 벌어졌다.

그의 등을 타고 대지에 존재하는 자연기가 몸에 생기를 북돋아주기 시작한 것이다.

하루를 꼬박 누워 있던 무연은 조금씩 모은 기운을 끌어모아 몸을 움직였고, 자연기가 가장 풍부하게 담겨 있는 물을 찾아 움직였다.

그렇게 이틀동안 쉼 없이 기어간 무연은 메마르고 뼈만 남은 손과 팔로 겨우 몸을 일으켜 계곡으로 몸을 던졌고, 그는 계곡물 아래에서 자연기를 끌어 모았다.

그렇게 약 한달간을 지냈고, 운신이 가능해졌을 무렵 무연은 계곡에서 빠져나올 수 있었다.

몸을 움직이는 것은 가능했지만 그의 모습은 여전히 노인의 모습이었고, 몸은 언제 붕괴할지 알 수 없었다.

하지만 무연은 해야 할 일이 남아 있었다.

제 2의 백서문이 생겨나지 않도록 그의 측근과 흔적들을 모두 없앨 생각이었다.

처음 무연은 엽선이나 양소걸을 찾아갈 생각이었지만, 백도 무림엔 백서문의 잔가지가 남아 있을 거라 생각해 포

기했다.

 대신 미홍이 마교의 정보조직에 들어갔다는 소식을 접하여 그녀를 만나러 갔다.

 처음 무연을 만난 미홍은 소스라치게 놀랐으나 노인이 된 무연의 부탁을 받아 누구에게도 무연의 생존소식을 알리지 않았다. 그 이유는 두가지였다.

 첫번째는 백서문의 잔가지들이 무연이 살아 있음을 알고 몸을 숨길까봐였고, 두번째는 자신의 모습을 단서연이나 벗들에게 보여주기 싫었기 때문이다.

 "잠깐. 그러면 설마……."

 양소걸이 경악하며 무연을 바라봤다.

 "백리교를 만든 사람이 바로……."

 "그래요 백리교를 만든 것은 바로 무공자예요. 무공자는 제게 백서문의 측근들이나 잔가지들을 찾아 백리교를 만들 수 있도록 돕게 하라고 하셨어요. 덕분에 남아 있던 백서문의 부하들은 제 도움을 받아 백리교를 만들었고, 덕분에 사방에 흩어져 있던 백서문의 측근들을 한자리에 모을 수 있었던 거예요."

 양소걸은 온몸에 소름이 돋았다.

 결국 백리교가 만들어진 것은 백서문의 뒤를 잇는 자들이 모여서 자연적으로 만들어진 것이 아니라, 무연이 의도적으로 백서문의 끄나풀을 한곳에 모으기 위해 만들었다는 뜻이다.

"저는 백리교의 뒤를 봐주기 위해서 청해상단을 끌어들였고, 백리교는 세를 불리며 사방에 흩어져 있던 신무림맹의 초창기 맹원들과 백서문의 부하들을 모았어요. 그리고는 개방과 협력하여 그들을 없애나갔죠."

"그럼 삼년동안 어디 있던 거야?"

그동안 홀로 힘들어했을 무연이 안타까웠을까.

단서연은 미안함과 애정이 듬뿍 담긴 눈빛으로 무연을 바라보며 물었다.

무연은 자신의 검은 머리카락을 쓸어올리며 답했다.

"미홍에게 백리교를 세워달라고 부탁한 다음 힘을 되찾기 위해서 자연기를 모으는 중이었어. 다시 젊어질 수 있을 거라곤 생각 못했는데, 삼년 째가 되니 원래의 모습을 되찾을 수 있더군."

"다행이네."

단서연이 무연의 볼을 부드럽게 쓰다듬었다.

그들의 대화를 기다리던 미홍은 계속해서 말을 이어나갔다.

"삼년이 지나고 무공자가 힘을 어느 정도 되찾았고, 백서문의 끄나풀들을 거의 다 모았다고 생각되어서 그들을 한데 모은 거예요. 청해상단과 강시를 미끼로요. 이유야 어쨌든 속여서 죄송해요. 하지만 어쩔 수 없었어요. 백리교가 저를 완전히 믿을 수 있게 만들어야 했거든요."

백리교가 어느 정도 자리를 잡자 미홍은 계획을 세웠다.

단서연을 적색마녀로 만들고 백리교가 어떻게든 죽여야

하는 존재로 자리매김했다.

물론 무연에겐 비밀로 해야 했다.

상황이야 어찌되었든 결과적으로 백리교는 단서연을 증오하게 되었고, 미홍은 이 점을 이용해 단서연을 속이고 백리교를 속여 그들을 한자리에 모두 모았다.

무인들의 숫자는 백리교가 천오백명으로 압도적이었지만, 미홍에겐 믿는 바가 있었다.

그것은 바로 무신이었다.

그리고 결과는 만족스러웠다. 백서문의 흔적을 비로소 완전히 뿌리 뽑은 것이다.

"마지막으로 중원 각지에 만들어진 백리교의 지부들은 빈민촌에 살아가던 빈민들의 주거지가 될 거예요. 물론 무조건적인 지원은 하지 않을 생각이에요. 그들 스스로가 자립할 수 있도록 만들 거예요. 이를 위해선 집이 필요했고요."

백리교가 애써 지어놓은 각 지부들은 빈민들의 집이 되었다.

애초에 이를 노리고 미홍이 백리교를 향해 눈에 들키지 않도록 마을형태로 지부를 지으라 부탁한 것이다.

이를 알 리 없는 백리교는 교단의 무인들을 동원해 힘들여 마을을 세웠고, 그들의 노고 덕에 빈민들을 새 집을 구할 수 있게 되었다.

모든 이야기가 끝이 나자 양소걸이 자리에서 벌떡 일어나 외쳤다.

"다같이 모였으니 오랜만에 회포나 풀자고!"

* * *

"내가 없던 삼년동안 무슨 일이 있던 거야?"

술잔을 기울이던 무연의 물음에 운현의 얼굴이 붉어졌다.

그와 함께 백아연의 얼굴도 붉게 변했는데 두명의 남녀는 자신들을 향한 뜨거운 시선에 어쩔 줄을 몰라 했다.

"그래서 백주양을 보러 간다고?"

"인사를 드리는 게 맞으니까."

"그렇지."

놀랍게도 운현과 백아연 사이에서는 혼담이 오고가는 중이었다.

운현에겐 부모가 없었지만, 백아연에겐 백주양이란 아버지가 살아 있었기에 그를 만나기로 한 것이다.

나이로만 따지자면 자신의 손자뻘이라 할 수 있는 운현이 혼인을 올린다는 얘기를 듣게 되자 무연은 묘한 기분을 느꼈다.

자신의 벗들은 세상을 떠났다.

두명 다 전쟁으로 인해서 목숨을 잃었지만, 사실 그들이 살아온 세월은 언제 끝을 맺어도 이상하지 않을 만큼 긴 세월이었다.

그건 그들의 벗이었던 무연도 마찬가지였다.

그는 근 백년에 가까운 세월을 살아가는 중이었다.

비록 지금은 이십대 초중반의 외양을 지니고 있었지만, 무연은 언제 눈을 감아도 이상하지 않을 만한 나이였다.

이런 생각이 머릿속에 맴돌자 무연은 저도 모르게 자신의 옆자리에 앉은 단서연을 바라보다가 그녀를 애처롭게 바라보던 송손찬에게로 고개를 돌렸다.

'이게 맞는 건지 모르겠군.'

지금은 아니더라도 단서연은 혼인을 치러야 할 나이가 될 것이다.

만약 지금처럼 자신과 단서연이 깊은 관계를 유지하다보면 언젠가 무연과 단서연은 혼인을 하고, 가정을 이룰 것이다.

'내가… 얼마나 살 수 있을까.'

무연은 술잔을 기울이던 자신의 손을 내려다보았다.

주름살 하나 없는 손바닥은 영락없는 젊은이의 그것과도 같았다.

이러한 무연의 행동을 조용히 지켜보던 단서연은 말없이 술을 기울였다.

그들의 회포는 늦은 밤까지 이루어졌고, 객잔의 술이 전부 떨어질 때쯤 끝이 났다.

각자가 각자의 자리로 돌아갈 때 송손찬은 양소걸과 함께 객잔을 나갔다.

"단소저의 연인이 무신이었습니까?"

애처롭게 들려오는 송손찬의 물음에 양소걸이 팔짱을 끼

고 고개를 끄덕였다.

"그렇게 됐네."

"세상에… 하나뿐인 연적이 무신이라니… 이제껏 단소 저가 제게 관심조차 보이지 않던 이유가 있었군요."

"굳이 무신이라는 이유 때문에 좋아하는 건 아닐 거요. 단소저는 무연 자체를 사랑했으니."

"그런가요. 제가 만약 단소저를 포기하지 않으면 어떻게 될까요?"

"하하! 자네의 거룩한 사랑은 알겠다만, 자네가 포기하 지 않더라도 단소저가 자네를 사랑하는 일은 없을 걸세. 그리고 잘못했다간."

양소걸이 손가락을 들어 자신의 목을 긋는 시늉을 했다.

"소리 소문 없이 사라질지도 모르지."

분명 장난기 어린 말과 행동이었지만, 송손찬은 웃을 수 가 없었다.

단지 마른침을 삼키며 고개를 떨굴 뿐.

그렇게 밤은 깊어졌고, 무연은 자신의 객실로 들어가 침 대에 몸을 눕혔다.

계곡 아래나 커다란 나무의 뿌리 아래 혹은 드넓은 벌판 의 중심.

자연과 하나 되어 일어나고 눈을 감는 일상을 무려 삼년 이나 해왔기 때문일까.

몸을 깨끗하게 씻고 푹신한 침대에 몸을 뉘이니 기분이

이상했다.

"이질적이군. 분명 익숙했던 자리이거늘."

침대란 익숙한 장소임에도 익숙하지가 않았다.

자연과 하나 되어 살아오던 세월이 무연을 그렇게 만든 것이다.

그래서일까. 무연은 쉽사리 잠에 빠져들지 못하고 상념에 젖었다.

'떠나야 하는 것이 맞는 건가.'

이십여 년 만에 눈을 뜬 이래로 무연은 복수를 위해 살아왔다.

죽음을 각오했고, 기적적으로 목숨을 구원받았다. 그것도 원수의 손아래에서.

자신에게 주어진 처음이자 마지막 기회.

무연은 모든 것을 끝내기 위해 자신의 모든 것을 내걸었다.

그런데 문제가 생겼다.

세상에 미련을 두지 않으려 했건만, 단서연이라는 이름의 미련이 생긴 것이다.

소청을 잃은 이후로 감정을 절제하며 살아왔고, 자신의 뜻을 관철하기 위해서는 누구보다 강한 힘이 필요하다는 생각으로 모든 것을 뒤로 한 채 강해지는 것에만 집중했다.

사랑 같은 감정은 느끼지 않으려 했다.

사랑하는 이들을 잃는 고통을 다시는 느끼고 싶지 않았

기 때문이다.

하지만 언제나 인연은 생기기 마련이었고, 그의 곁에 단서연이 나타났다.

단각의 손녀딸이라는 단서연에겐 싫어도 마음이 갔다.

단각 때문이 아니었다. 단서연이란 존재 자체에 사랑을 느낀 것이다.

"혼자 두고 싶지 않지만, 떠나는 모습을 보이기도 싫으니… 어려운 일이군."

혼자 두고 싶지 않았다. 항상 곁에 있고 싶었지만, 자신은 언제 눈을 감을지 모르는 사람.

아직 수많은 세월을 살아가야 할 단서연의 곁을 계속해서 지킬 자신이 없었다.

그녀를 생과부로 만들고 싶지 않았으며 그녀의 앞에서 눈을 감는 것은 더더욱 두려웠다.

"떠나는 게 맞겠지."

무연은 결심했다. 단서연은 자신과 맞지 않는 여인이었다.

그녀에겐 아직 많은 시간이 남아 있었고, 그 시간을 온전히 지켜줄 사람이 어울렸다.

단서연은 뛰어난 외모와 사람을 이끄는 치명적인 매력을 소유하고 있었으니, 무연은 단서연이 자신보다 좋은 사람을 만날 수 있을 거라 확신했다.

결심이 굳혀졌으니 마음이 약해지기 전에 움직여야 했다.

침대에서 일어난 무연은 창가에 손을 뻗었다.

이제 자신의 앞을 막고 있는 창을 열어 바깥으로 신형을 날리면 된다.

이 세상에 무연보다 빠른 이는 없었으니 그 누구도 무연을 쫓거나 찾을 수 없으리라.

"마지막 인사도 없이 떠났다 화내겠군."

자신이 사라졌다는 것을 깨달은 단서연이 슬퍼할 모습이 눈앞에 아른거렸다.

감정을 절제하는 데에는 단명우 다음으로 뛰어난 사람이 무연이었지만, 그는 쉽사리 마음을 진정시킬 수가 없었다.

사랑이란 그런 감정이었다.

통제하고 싶어도, 통제할 수 없는 불가침의 영역.

그때 방문이 드르륵— 열렸다.

놀란 무연이 뒤를 돌아보자 그곳엔 단서연이 얇은 옷을 입은 채 서 있었다.

"또… 떠날 생각이야?"

창을 반쯤 열어놓은 무연을 향해 단서연이 물었다.

무연은 변명거리를 생각하려 머리를 굴렸지만 딱히 떠오르는 변명거리도 없었고, 변명하고 싶지도 않았다.

"그래."

떠난다는 무연의 말에 단서연이 벽에 몸을 기대며 말했다.

"잘 가."

예상과는 다르게 단서연은 떠난다는 무연을 붙잡지 않았다.

　그녀의 마음을 확인한 무연은 단서연에게서 떨어지지 않는 시선을 억지로 떼어내며 창가로 고개를 돌렸다.

　그는 창을 완전히 열어젖혔다.

　이제 창밖을 넘어 아무도 찾을 수 없는 곳으로 떠난 뒤 조용히 여생을 마치면 된다.

　하늘엔 자신의 벗들이 자리를 만들어뒀을 테니 외롭진 않을 것이다.

　끝내 떠나려는 무연을 향해 단서연이 말했다.

　"난 여기 있을 거야."

　창밖으로 움직이려던 무연의 신형이 우뚝 멈추어 섰다.

　"항상 이곳에 있을 거야. 네가 어딜 가든… 언제 돌아오든… 아니, 돌아오지 않는다고 해도 난 여기에 있을 거야. 언젠가 네가 날 보고 싶을 때 날 만날 수 있도록."

　단서연의 고운 볼을 타고 한줄기의 눈물이 흘러내렸다.

　"내가 말했잖아. 난 항상… 네 뒤에 있을 거라고."

　진심이 느껴지는 단서연의 목소리에 무연은 도저히 창밖으로 나갈 수가 없었다.

　마치 탈혼거인술에 지배라도 받는 것처럼 제 몸을 통제할 수 없었던 무연은 자신도 모르게 단서연에게 달려가 그녀를 힘껏 끌어안았다.

　"난 늙었어. 넌… 할아버지를 사랑하고 있는 거야."

　"상관없어."

"난 언제 눈감을지 몰라. 어쩌면 내일… 아니면 일주일 후."

"상관없어."

"난…….."

"무연."

손을 뻗어 무연의 얼굴을 양손으로 붙잡은 단서연이 단호한 목소리로 말했다.

"말했잖아. 전부 상관없어. 네가 나이가 어떻든, 언제까지 살 수 있든… 그건 내게 중요하지 않아. 내게 중요한 것은 내가 사랑하는 사람은 무연이고. 그 사람과 함께 살 수 있을 만큼 살아가는 거야."

단서연의 마음이 너무 예뻐서. 단서연이라는 사람이 너무도 사랑스러워서.

무연은 자신의 품에 안긴 단서연을 놓을 수가 없었다.

그렇게 한참을 서로를 안고 있던 무연은 단서연의 머리를 부드럽게 쓸어내렸다.

"이제 방으로 돌아가. 안 떠날 테니 걱정하지 말고."

"방으로… 돌아가라고?"

부드럽고 사랑스럽기 그지없던 단서연의 얼굴이 딱딱하게 굳어졌다.

갑자기 냉랭해진 분위기에 무연이 의아한 표정으로 단서연을 내려다보았다.

그러자 단서연이 무연에게서 한걸음 물러선 뒤 팔짱을 꼈고, 그녀의 고운 아미가 잔뜩 찌푸려졌다.

"삼년 만에 만났고, 언제 눈 감을지 모른다면서 나보고 방으로 돌아가라는 말이야?"

"그야… 잠을 자야 하니까……."

무연이 머뭇거리며 대답하자 단서연이 무연을 쏘아보았다.

그녀는 눈을 질끈 감으며 짧은 한숨을 내쉰 뒤 무연의 팔을 붙잡고 침대로 걸어갔다.

"음!"

강제적으로 침대에 눕혀진 무연은 자신을 침대로 내동댕이친 단서연을 돌아보았고, 그녀는 침대에 무연과 나란히 누우며 그의 몸에 자신의 팔을 둘렀다.

"이제부턴 계속 함께 있을 거야. 잘 때도 일어날 때도."

"괜찮겠어?"

괜찮겠냐는 무연의 질문에 단서연이 그게 질문이라고 한 소리냐는 듯한 얼굴로 말했다.

"언제 죽을지 모른다며. 그러니까 한시도 떨어질 수 없지. 나 없을 때 죽으면 안 되니까."

얼떨결에 동침을 하게 된 무연은 한팔로 단서연을 끌어안았다.

이유야 어찌되었든 단서연과 함께 보내는 시간은 항상 즐겁고 행복했다.

그런데 그때 단서연의 손이 무연의 옷을 파고들어 그의 맨가슴에 닿았다.

무연이 놀란 듯한 얼굴로 단서연을 바라보자 단서연은

꽤나 수줍은 표정을 지었다.

그렇게 무연의 가슴을 쓰다듬던 단서연은 불현듯 뭔가 깨달은 듯한 얼굴로 무연을 다급히 올려다보았다.

"혹시⋯⋯."

"응?"

"그⋯ 나이를 많이 먹으면⋯⋯."

단서연이 그녀답지 않게 부끄러운 듯 머뭇거리며 중얼대기 시작했다.

그녀는 무연의 눈치를 보며 말을 이었다.

"특정 부위가 어느 순간부터 반응을 하지 않는다고⋯⋯."

"아⋯ 그건."

"난 괜찮아."

큰 결심을 한 듯 무연을 마주한 단서연이 자신은 괜찮다며 미소를 지었다.

많은 의미가 내포되어 있는 듯한 단서연의 미소에 무연은 그제야 그녀가 하고 싶어 하는 말이 무엇인지 깨달았다.

괜찮다는 말로 자신을 배려하는 단서연의 모습이 귀엽게 느껴진 무연은 단서연의 목을 잡아당기며 입술에 자신의 입술을 맞댔다.

짧고도 긴 입맞춤을 나눈 무연은 단서연을 향해 의미심장한 미소를 지었다.

"오늘 밤은 길겠군."

달은 언제나 제 시간에 뜨고 제 시간에 졌지만, 무연과 단서연의 밤은 유난히 길었다.

＊　＊　＊

"우린 백월문에 들려야 해서."

백아연과 나란히 선 운현이 무연을 향해 깊은 아쉬움을 드러냈다.

이제야 겨우 만나게 되었는데 만난 지 하루 만에 헤어져야 했기 때문이다.

"다음에 보자."

다음을 약속하는 무연을 향해 운현과 백아연이 손을 흔들며 백월문에서 도착한 마차를 타고 떠났다.

"그럼 우리도 가보자고."

"단소저… 다음에 뵙겠습니다."

"그래."

미련이 없지 않아 남아 있었지만, 송손찬은 단서연의 연인이 무신이라 불리는 무연이라는 것을 알게 된 이후로 단서연을 깨끗하게 단념하려 노력했다.

그는 양소걸과 함께 사천으로 떠났다.

그리고 얼마안가 마교에서 반가운 얼굴이 찾아왔다.

이목림이었다.

"몸은 괜찮으세요?"

허겁지겁 달려온 듯 온몸에서 땀을 주륵주륵 흘리며 나타난 이목림은 미홍에게 곧장 달려와 그녀를 위아래로 훑으며 사냥꾼다운 눈썰미를 이용해 살폈다.

애정이 가득히 담긴 이목림의 눈에서 미홍에 대한 그의 사랑을 느낄 수 있었다.

"괜찮아요. 제가 그렇게 걱정 끼칠 만한 사람은 아니잖아요?"

"그래도 걱정되는 건 어쩔 수 없어요… 아! 무공자. 역시 살아계셨군요. 저는 무공자가 살아 있으리라 굳게 믿고 있었습니다. 다른 사람들이 모두 무공자가 죽었을 거라 했을 때에도……."

"흠. 무공자가 돌아가셨다고 울고불고하면서 대성통곡을 하던 사람이 누구였더라……."

은근한 목소리로 들려오는 미홍의 말에 이목림이 헛기침을 하며 무연의 시선을 피했다.

"마교에서 스승 소리를 듣고 있다고 들었다."

"아하하 그렇게 됐습니다. 무신이라 불리는 분에게 그런 말을 들으니 괜히 부끄럽네요. 아! 보여드릴게 있습니다."

그렇게 말하며 만궁을 꺼낸 이목림은 말없이 활시위에 화살을 걸어 하늘을 향해 쏘아 보냈다.

다른 사람들은 이목림이 그냥 활을 쏜거라 생각했지만, 그의 화살을 정확히 꿰뚫어 본 무연은 이목림의 어깨에 손을 올렸다.

"성공했군."

"덕분입니다."

"언젠간 네 활이 빛을 발하게 될거야. 그날이 오면 중원엔 유일무이한 궁문이 세워지겠군."

"궁문이라… 아직 제게는 먼 이야기네요."

"이대로만 정진하면 꼭 이룰 수 있을 거야."

"무신의 말이니 여부가 있겠습니까. 제가 기필코 궁문을 만들어보겠습니다."

대화를 마친 이목림은 미홍과 함께 마교를 향해 돌아갔다.

그런데 떠나가는 미홍을 보며 단서연이 살짝 불만어린 표정을 지었고, 이를 발견한 무연이 고개를 기울여 단서연을 마주했다.

"무슨 불만이라도 있는 거야?"

"네가 살아 있다는 사실을 맨 처음 알게 된 것이 미홍이라는 게 질투 나."

자신의 감정을 여과 없이 솔직하게 드러내는 단서연을 향해 무연이 손을 내밀어 단서연의 손을 맞잡았다.

"미안해."

"사과하지 마. 용서해줄 생각 없어. 그리고 이건 두고두고 마음속에 간직하고 있을 거야."

"언제 용서해줄 건데?"

"몰라. 오십년은 지나봐야 알 것 같아. 그러니 사과할거면 그때 해."

무뚝뚝한 말투에서 느껴지는 단서연만의 애정표현에 무

연은 웃음을 참지 못했다.

"그래 알았어."

"생각해보니까 오십년은 너무 짧아. 적어도 팔십년은 지나봐야 할 것 같아. 그러니까 그때 사과해."

"얼마든지."

맞잡은 두손에서 느껴지는 온기는 중원에 찾아온 겨울의 한기도 느낄 수 없게 했다.

"이제 어디로 갈거야?"

"음. 만나야 할 사람들이 있어."

꽤 많은 곳을 들려야 했기에 마차를 구한 무연은 단서연과 함께 익숙한 얼굴을 만나기 위해 움직였다.

그들이 도착한 곳은 바로 천일신단이었다.

"예전보다 더 커진 것 같은데."

"단주가 수완이 좋았는지 서역인들과의 무역업으로 사업을 확장했거든. 꽤나 능력 있는 여자야."

"역시 홍예군."

천일신단으로 들어간 무연은 전보다 배는 커진 천일신단을 좌우로 살펴보았다.

건물의 크기도 크기였지만, 중원에서는 볼 수 없던 갖가지 신기한 물건들이 많이 보였다.

쨍그랑—!

귓가를 찌르는 듯한 날카로운 소음이 천일신단을 울렸다.

그 소리에 놀란 무연과 단서연이 고개를 돌린 곳엔 값비

싸 보이는 도자기를 손에서 떨어뜨린 홍예가 서 있었다.

삼년이란 시간이 지났건만 홍예의 얼굴은 여전히 나이에 걸맞지 않는 청초함과 앳됨이 느껴졌다.

"무… 무공자!?"

"다, 단주님 이건 동쪽에서 온 귀한…….'

"치워주세요."

동쪽에서 흘러온 귀한 도자기를 바닥에 내팽개친 채 무연에게 다가온 홍예는 입술을 꽉 다문 채 울먹거렸다.

"오랜만이야 홍예."

"정말로… 살아계셨으면 살아계신다고 말해주셨어야 죠! 제가 무기들을 구해드린 이후에 무공자가 태산에 묻히셨단 소리를 듣고 얼마나 가슴아파했는데!"

죽은 줄만 알았던 무연이 멀쩡히 나타나자 그동안의 마음고생을 털어낼 수 있게 된 홍예는 눈물 젖은 얼굴로 무연에게 두 팔 벌려 달려갔다.

하지만 그녀의 앞을 단서연이 살짝 가로막았다.

고개를 좌우로 젓는 단서연의 모습에 홍예가 제자리에 멈추며 입술을 비쭉 내밀었다.

"이젠 안 돼."

단호하기 그지없는 단서연의 목소리에 홍예가 풀이 죽은 얼굴로 고개를 끄덕였다.

"아! 이렇게 아니라 차라도 좀 내올까요?"

"아니 괜찮아. 만나야 할 사람이 많아서 오래는 못 있어."

"또 가시는군요."

"다음엔 오래 있을게."

과거부터 지금까지 자신을 위해 언제나 온힘을 다해 도와주는 홍예의 손을 무연이 부드럽게 잡아주었다.

"항상 고마워. 홍예."

"고마우시면 저랑 같이……."

홍예는 말을 끝까지 잇지 못했다.

차갑고 날카롭기 그지없는 단서연의 눈동자가 그녀를 응시하고 있었기 때문이다.

"차, 차나 한잔하죠."

"그래."

단서연과 함께 떠나는 무연을 향해 홍예는 가볍게 손을 흔들었다.

언제나 가슴속에 품고 있는 남자였지만, 자신이 품기엔 과분한 남자였다.

"다행이네요. 무공자에게도 사랑이 찾아와서."

못내 아쉬웠지만, 홍예는 아쉬움을 털어내며 자신이 가꿔낸 신단을 둘러보며 소리쳤다.

"자! 오늘도 열심히 일합시다!"

* * *

천일신단을 떠난 마차는 하남으로 향했다.

그들이 향한 곳은 하남에 세워진 용천각이었다.

이미 용천각의 각원이었던 단서연은 익숙한 발걸음으로 용천각으로 들어섰고, 오랜만에 돌아온 단서연을 향해 용천각원들이 손을 흔들며 반갑게 맞이했다.

"일찍 돌아오셨네요! 그리고 드디어 백리교의 몸통을 처리하셨다면서요? 역시 단소저!"

"내가 말했잖아. 나보다는 단소저가 가야 한다니까."

"넌 조용히 해 장현!"

여전히 투닥거리는 장혁과 장현의 뒤로 백하언이 단서연을 향해 가볍게 손을 들었다.

한편 용천각을 보수하던 우윤섭과 용천각의 새로운 의원이 된 양소요와 위지천이 돌아온 단서연을 발견하곤 반가움이 담긴 미소를 띠었다.

"이야. 마침내 백리교를 뿌리뽑아낸 단소저가 돌아오셨군. 다들 모이라고 영웅담을 들어봐야지."

유쾌한 위지천의 외침에 용천각원들이 웃으며 한자리에 모였다.

다들 청해에서 벌어진 백리교와의 싸움을 듣고 싶었기 때문이다.

얼떨결에 한자리에 모인 용천각원들을 향해 단서연이 신형을 반쯤 돌리며 말했다.

"모이라고 하려고 했는데 잘됐군, 그리고 백리교에서 싸운건 나뿐만이 아니야."

"들었어요. 운공자와 백소저 그리고 양소걸님과 마교의 오양각주님. 그분들과 함께 싸우셨다면서요. 그런데 전해지기로는 백리교의 무인들이 약 오백명에 달했다는데…
어떻게 이기신 거예요?"

"알고 보니 백리교의 무인들이 상당히 약했다던가 그런
게 아닐까?"

"하긴, 백리교 같은 곳에서 무인들을 모아봤자 얼마나
모였겠어. 삼류무인들이 모였던 건가?"

제아무리 단서연과 운현이 가진 힘이 능히 백명의 무인
들을 상대할 수 있다곤 해도 오백명을 상대로 다섯명의 무
인이 승리를 가져온다는 것은 거의 불가능한 일이었다.

이에 대해 용천각원들이 나름대로의 추측을 내놓는 가운
데 용천각의 문이 열리며 한 사내가 천천히 모습을 드러냈
다.

"아무렴 어때요 우리 용천각의 자랑스러운 무인, 단소
저가 오백명의 백리교 무인들을 이기고 백리교를 완전히
없…애…버……."

단서연을 칭찬하던 장혁의 입이 점점 벌어졌다.

그의 입이 얼마나 크게 벌어졌는지 장혁을 보고 있던 사
람들은 장혁의 턱이 빠졌다고 착각할 정도였다.

"형 왜 그래?"

"저… 저… 저… 저."

같은 말을 반복하던 장혁이 그대로 뒤로 넘어가버렸고,
이에 놀란 장현과 용천각원들은 장혁이 혼절하기 직전에
가리켰던 방향으로 시선을 옮겼다.

그리고 그곳엔 있어선 안 될 사람이 서 있었다.

"무, 무연!"

"무공자!?"

"무소협!"

각자 다른 이름으로 외쳤지만, 그들이 가리키는 사람은 단 한명이었다.

무연이었다.

"여기가 중원에서도 강한 무인들이 모여 있는 것으로 유명한 용천각이라던데… 내 자리도 남아 있나?"

익살스러운 무연의 물음에 장현이 한달음에 달려가 그의 품에 안겼고, 다른 이들은 놀란 토끼눈을 한 채 두눈을 끔벅였다.

"무슨 일이길래 이렇게 소란……."

아래층에서 들려오는 소란성에 궁금증을 이기지 못하고 내려온 백건과 이범은 무연을 발견하곤 빠른 걸음으로 계단에서 내려왔다.

뒤이어 각주인 도원이 무연을 발견했다.

"역시 살아 있었구나."

앞으로 다가온 도원을 향해 무연이 고개를 끄덕였다.

"물론. 용천각에 내 자리도 있겠지?"

"당연하지."

* * *

청해의 북쪽엔 누구에게도 알려지지 않은 장소가 있었

다.

커다란 나무와 수풀에 가려진 이곳은 붉은빛의 선녀가 하늘에서 내려와 꽃을 가꾸던 곳이라고 알려진 전설의 장소.

그곳의 이름은 비설림(秘說林)이었다.

"오랜만이군."

꽤 오랜 시간이 흐르고 나서야 비설림으로 돌아오게 된 무연은 전보다 아름다워진 비설림을 돌아보았다.

자연적으로는 나올 수 없는 고운 비설림의 자태에 무연은 단서연을 향해 말했다.

"그동안 잘 관리한 모양이야."

"네가 남겨놓은 것도 없이 사라졌으니까."

무연은 자그마한 흔적조차 남기지 않고 사라졌다.

이 때문에 단서연이 무연이 그리워질 때마다 그와 헤어졌던 비설림으로 돌아와 꽃을 가꾸었다.

덕분에 비설림은 더욱 아름답게 바뀌었고, 단서연의 정성으로 인해 비설림에 더욱 다양하고 아름다운 꽃들이 화려하게 피어났다.

"저건……."

그중에서도 무연의 시선을 빼앗는 것이 있었으니 그것은 꽃이 아니라 나무와 꽃들로 만들어진 아주 자그마한 묘지였다.

"비월의 묘야. 시신이나 유해를 찾을 수가 없어서 제대로 된 묘를 만들어주진 못했지만, 그래도 그녀에게 가장 어울리는 곳이 이곳이라 생각해서 작게나마 만들어봤어."

비월을 잊지 않고 기억해준 단서연을 향해 무연은 자신이 해주지 못한 일을 해준 것에 대한 감사함을 느꼈다.

"고마워."

"네 인연이지만, 내 인연이기도 하니까. 그리고 꺾는게 마음 아프지만 어쩔 수 없겠지."

사실 무연과 단서연이 비설림으로 찾아온 데에는 또 다른 이유가 있었다.

그것은 바로 곧이어 시작될 운현과 백아연의 혼인식에 선물할 꽃을 가지러 온 것이다.

단서연은 섬세하고 꼼꼼한 손길로 꽃을 모았다.

비설림에 존재하는 모든 꽃들은 아름답기 그지없었으니 어떠한 꽃을 선택하더라도 후회할 걱정이 없었다.

혼인식에 가져갈 꽃을 만족할 만큼 모은 단서연은 이를 한곳에 조심스럽게 놓아둔 후 무연에게 다가갔다.

"백월문은 더 이상 무가로 남지 않게 되었어. 아무래도 백서문이 저지른 짓에 대한 책임을 지기 위함인 것 같아. 지금은 백씨세가로 가문에게만 무공을 전수하고 어려운 이들을 돕거나 청해 일대를 지키는 일을 하는 것 같아."

"혼인식은 백월문에서 열린다고 했던가."

"응. 백월문은 근처에 있지만 혼인식이 얼마 안 남았으니 슬슬 출발해야 해."

비설림에서 잠시 휴식을 취하던 단서연은 모아둔 꽃을 양손에 가득 안아들었다.

자신의 몸통만한 꽃을 가슴에 한아름 안아든 단서연을 향해 무연이 웃기 시작했다.

그의 웃음에 단서연이 뾰로통해진 얼굴로 말했다.

"뭐야 왜 웃어?"

"잘 어울려서."

잘 어울린다는 말이 마음에 들었을까. 단서연은 얼굴을 붉히며 신형을 휙 돌렸다.

꽃을 안아든 채 비설림의 출구를 향해 걸어가는 단서연의 뒷모습은 그녀답지 않게 상당히 귀여웠다.

비설림을 빠져나온 무연과 단서연은 준비해 둔 마차를 타고 백월문으로 향했다.

혼인식이 열리는 백월문엔 이미 많은 무인들이 도착했다.

그중 단연 눈에 띄는 자는 바로 운현의 오랜 친구들이었다.

"이야 운현이 우리 중에 두번째로 혼인을 할 줄이야."

"그러게 가장 늦게 갈 줄 알았는데."

화산파의 대표로 백월문으로 온 화설중과 화설은 예복을 입은 운현을 바라봤다.

원래도 잘생긴 외모를 지닌 운현이 예복까지 갖춰 입고 머리까지 말끔하게 올려 묶자 미공자가 따로 없었다.

뒤이어 남궁세가의 대표로 남궁청이 도착했다. 그는 아내인 모용현과 함께였다.

"어? 배가……."

모용현을 발견한 화설이 그녀의 부풀어오른 배를 보며 눈을 크게 떴다.

그러자 배를 감싸 쥔 모용현이 수줍게 미소 지었다.

"그렇게 됐어."

"축하해!"

화설은 모용현이 임신을 했다는 사실을 깨닫고는 화사하게 웃었다.

그들의 옆에선 화설중이 남궁청의 옆구리를 쿡쿡 찔렀다.

"예고도 없이 혼인식을 좀 급하게 하는 것 같더니만… 남궁청 이 녀석."

"흠흠……."

운현의 친구들이 모두 모이고 얼마 안 가 용천각원들도 운현과 백아연의 혼인을 축하해주기 위해 백월문에 찾아왔다.

뒤이어 광암과 제갈윤, 양소걸 등이 도착했고, 놀랍게도 마교의 대표로 설영과 담백이 미홍과 이목림 그리고 한소진과 함께 찾아왔다.

마교의 등장은 더 이상 마교와 백도 무림이 적대관계가 아님을 증명하는 의미이기도 했다.

마지막으로 꽃과 함께 단서연과 무연이 도착하자 혼인식이 시작됐다.

혼인식은 생각보다 검소하게 이루어졌다. 이는 운현과 백아연의 생각이었다.

간소하게 열린 혼인식은 복잡한 절차 없이 신속하게 이루어졌고, 예복을 입고 나타난 백아연은 눈부시도록 아름다웠다.

후에 장혁의 말에 따르면 예복을 입고 나타난 백아연을 향해 장현이 감탄사를 내질렀고, 이를 뒤에서 지켜보던 백하언이 무시무시한 얼굴로 장현을 째려보았다 전했다.

부부의 연을 맺고 있는 운현과 백아연을 향해 단서연은 비설림에서 가져온 꽃을 전했다.

"어떤 꽃을 좋아할지 몰라서 일단……."

백아연이 손을 내밀어 단서연의 손을 감쌌다.

"고마워요 단소저. 전부… 너무 예뻐요."

비설림에서 가져온 꽃은 어느 하나 예쁘지 않은게 없었다.

아름다운 꽃을 받아든 백아연의 모습은 선녀와도 같았고, 그녀를 마주한 운현은 행복함을 감추지 못했다.

두명의 선남선녀가 영원한 사랑을 약속하는 것으로 혼인식이 끝이 났다.

검소하게 시작된 혼인식이 끝나고, 일행들은 한자리에 모여 음식과 술을 즐기며 이야기를 나눴다.

광암은 술에 취해 무연에게 절을 하기도 했고, 혼인식이 끝나고 나서야 모습을 드러낸 팽도천은 하북팽가의 가주답게 두개의 커다란 금덩이를 혼인선물로 내놓았다.

물론 이 때문에 하북팽가의 주머니 사정이 나빠졌다는 얘기가 거지들의 입방아에 종종 오르곤 했다.

해후를 나누고 있는 일행들을 뒤로 한 채 혼인식장을 빠져나온 무연은 휘황찬란하게 떠오른 은백색의 달을 올려다보았다.

한 시대를 풍미한 고수들이 모두 떠난 자리엔 새로운 무인들이 그 자리를 대신했다.

검신이라 불리던 송월.

마신이라 불리던 마교주 단각.

화산제일검 장사혁.

혈교주 만상.

거산 장대웅.

정사대전을 일으킨 장본인이자 백도대전을 만들어낸 백서문과 단명우.

모든 이들의 모습이 무연의 눈가에 아른거렸다.

모두가 함께 떠난 그 자리엔 자신도 있어야 할 것만 같은데, 자신은 아직 이곳에 남아 있다.

"뭐해?"

자신이 사준 붉은 머리 장신구를 머리에 꽂은 채 다가오는 적갈색 머리카락의 아름다운 여인을 보며 무연이 밝게 떠오른 달로부터 등을 돌렸다.

'잠시만 더 기다려줘.'

'조금만 더 있을게.'

* * *

무신의 귀환으로부터 이년 후…….

"이곳부터가 바로 중원입니다."
"이곳이 바로 중원이로군."
두 명의 대승과 오백여 명의 승려들이 사천에 모습을 드러냈다.

그들은 평범한 승려와는 달리 단단하고 커다란 근육들을 마치 갑옷처럼 온몸에 두르고 있었다.

"중원에서는 우리를 서장이라 부른다 하지?"
"그렇다 합니다."
"우습구나. 진정한 무공의 시초를 두고 우리를 새외세력으로 구분 짓는다니."

사천에 나타난 정체불명의 승려들을 향해 한 무리의 무인들이 기다렸다는 듯 나타났다.

그들은 검은색과 주홍색이 조화를 이루는 무복을 입고 있었으며 가슴엔 용이 승천하는 듯한 모양새의 자수가 수놓아져 있었다.

그들 중에서도 가장 나이가 많은 듯한 중년인이 앞으로 나섰다.

그는 허리춤에 도를 지니고 있었다.

"납살에서부터 먼 길 오셨습니다. 포달랍궁의 귀인들이라 들었습니다만… 이곳 중원에는 어쩐 일로 오셨는지 여쭈어도 되겠습니까."

"나는 포달랍궁 보광전서. 편히 일광이라 부르게. 우리가 이곳에 온 별다른 이유는 없소. 단지 궁주께선 무림의 시초인 우리 포달랍궁에 예의를 갖추지 않는 중원의 무림에 대해 약간의 불만을 가지고 계시오."

"불만이라… 허면 포달랍궁의 궁주께서 원하시는 게 무엇이오?"

"자애로우신 궁주께서 원하시는 것은 바로 중원을 대표하는 각 문파의 수장들이 궁에 찾아와 궁주께 최소한의 예의를 갖추길 바라고 계시오."

"포달랍궁이라……."

"행색을 보아하니 당신들은 그 유명한 용천각의 무인들인 것 같네만, 당신이 바로 각주인 도원이겠구려."

용천각주 도원은 자신의 정체를 정확히 꿰뚫어 보는 포달랍궁의 승려들을 향해 활짝 미소 지었다.

"그렇소. 내가 바로 용천각주 도원이오. 내 뒤에 있는 무인들은 바로 용천각의 각원들이오."

"용천각도 중원의 무가 조직 중 한곳이니 각주인 도원도 포달랍궁으로 찾아와 최소한의 예의를 보이시지요."

예의를 보이라는 일광의 말에 용천각원들의 표정이 굳어졌다.

포달랍궁을 찾아오라는 말 자체가 의미하는 바는 중원
무공의 시초를 포달랍궁으로 인정하고 무공의 주인에게
예의를 갖추라는 말이었으니, 이는 중원 무림을 포달랍궁
의 아래로 본다는 뜻이었다.

게다가 포달랍궁에 오르기 위해서는 누구든지 오체투지
를 해야 했다.

"포달랍궁을 인정하지 않는 것은 아니나, 그리 할 순 없
습니다."

도원이 명백한 거부의사를 밝히자 포달랍궁의 승려들이
은연중에 기운을 끌어올렸다.

'과연 포달랍궁이로군.'

새외세력 중에서도 가장 으뜸으로 손꼽히는 곳이 바로
포달랍궁이었다.

그들은 자신들이 무공의 시초라 주장하고 있었고, 자신
들이 주장하는 것만큼이나 뛰어난 무공을 지니고 있었다.

포달랍궁의 승려들이 용천각원들을 향해 기세를 끌어올
리자 여기저기에서 수많은 무인들이 하나둘씩 모습을 드
러냈다.

남궁세가, 화산파, 무당파, 제갈세가, 사천당문, 곤륜파,
하북팽가등 중원을 대표하고, 백도 무림을 대표하는 문파
들의 무인들이 한자리에 모였고, 그 자리엔 마교주인 태소
운과 마교의 무인들도 함께했다.

마지막으로 청성파의 새로운 장문인 운현이 모습을 드러
내자 일광은 은근슬쩍 기운을 거두었다.

"나는 포달랍궁의 대표이자 사신으로 이 자리에 섰소. 우릴 공격한다는 것은 명백한 전쟁선포요."

"하하. 우린 그대를 공격할 생각이 없소. 게다가 우리 쪽의 대표도 포달랍궁으로 향했으니 굳이 우리가 싸울 이유도 없지 않겠소?"

중원의 무림의 대표가 포달랍궁으로 향했다는 도원의 말에 일광이 그게 무슨 소리냐는 듯한 얼굴로 말했다.

"뭐…라고?"

쿵― 쿵―!

포달랍궁의 중심인 법궁의 문이 활짝 열리며 두명의 승려가 다급하게 들어왔다.

"궁주님! 큰일 났습니다. 중원 무림의 대표라는 자가 막무가내로 법궁을 향해 다가오는 중입니다."

"중원 무림의 대표?"

"그렇습니다!"

"호위승들은 뭘 했느냐."

"모두 당했습니다!"

"당했다라…….."

포달랍궁을 지키는 호위승들은 포달랍궁에서도 까다로운 절차를 걸쳐 선발된 무공의 고수들이었다.

웬만한 무인들은 상대조차 되지 않는 호위승들이 모두 당했다는 소식에 궁주의 얼굴에 강한 호기심이 피어났다.

"중원 무림의 대표라는 자가 본 궁의 호위승들을 꺾었단

말이지. 몇 명이나 왔느냐."

"그게……."

승려가 말끝을 흐리자 궁주가 그를 향해 언성을 높였다.

"몇 명이나 왔느냐. 묻지 않는가."

"단 두명입니다."

"두명?"

궁주의 시선이 법궁의 정문으로 향했다.

굳게 닫혀 있던 법궁의 문이 좌우로 활짝 열리며 두명의
남녀가 모습을 드러냈다.

여인은 적갈색 단발머리의 아름다운 외모를 지닌 검사였
고, 뒤이어 여인의 뒤로 한명의 사내가 궁주를 향해 똑바
로 걸어왔다.

"네가 포달랍궁의 궁주인가?"

칠흑의 머리카락을 가진 남자.

궁주는 저도 모르게 몸을 떨며 자리에서 일어섰다. 법궁
을 가득 메우는 무연의 존재감은 이미 포달랍궁 전체를 뒤
덮기 시작했다.

생각보다 훨씬 뛰어난 사내의 기세에 포달랍궁의 궁주는
입가에 진득한 미소를 띤 채 자리에서 일어섰다.

"네가 중원 무림의 대표인가?"

궁주의 물음에 무연이 어깨를 으쓱했다.

"건방지기가 하늘을 찌르는구나. 본 궁에 온 이상 넌 내
게 예의를 갖춰야 한다."

"예의?"

"그래 지금이라도 오체투지를 하고 포달랍궁에 대한 예의를 보이면 목숨만은 살려주도록 하지."

"싫다."

짧고 간결한 무연의 대답에 궁주가 얼굴에 미소를 지웠다.

그와 동시에 포달랍궁의 승려들이 무연을 향해 무시무시한 투기를 발산하기 시작했다.

"본 궁과 싸움이라도 벌여보겠다는 것이냐."

"그래."

단서연이 역천검을 들어올렸고, 무연은 양 주먹을 강하게 말아 쥐었다.

은백색의 기운이 무연의 몸을 휘어 감으며 시원한 바람이 법궁에 몰아쳤다.

"그러려고 왔거든."

무신(武神)이 포달랍궁의 궁주를 향해 첫번째 발걸음을 내디뎠다.

〈무신전기 완결〉